Las Razones de Georgina

Por

Henry James

Ella era ciertamente una muchacha peculiar, y si al final él sintió que no la conocía ni la entendía, no es sorprendente que al comienzo pensara de igual forma. Al inicio, sin embargo, él experimentó lo que no percibió al final: que, una vez afianzada su relación gracias a las circunstancias, la peculiaridad de la joven se materializaba en un encanto al que era imposible oponerse o resistirse. Él tenía la extraña impresión (en ocasiones venía a ser una auténtica aflicción que, moralmente hablando, le sacudía los sentidos con la agudeza de una repentina punzada de neuralgia) de que sería mejor para ambos que interrumpieran su relación de inmediato y nunca se volvieran a ver. En años posteriores, él consideró este sentimiento como una premonición, y recordó dos o tres ocasiones en las que estuvo a punto de expresarlo a Georgina. Claro que nunca llegó a hacerlo; había múltiples buenas razones para ello. El amor feliz no está dispuesto a asumir deberes desagradables; y ni los serios presentimientos, ni la peculiaridad de su amada o la insufrible descortesía de sus padres impedían que el amor de Raymond Benyon fuera feliz. Georgina era una muchacha alta y rubia, de ojos bellos y fríos y una sonrisa cuya perfecta dulzura, proveniente de sus labios, rebosaba armonía. Tenía el cabello de color castaño rojizo, de un tono que podría calificarse como verdaderamente espléndido, y parecía moverse por la vida con una elegancia majestuosa, como habría caminado al son de un anticuado minueto. Los caballeros relacionados con la Marina tienen la ventaja de ver muchos tipos de mujeres; pueden comparar a las damas de Nueva York con las de Valparaíso, y a las de Halifax con las del Cabo de Buena Esperanza. Raymond Benyon había disfrutado de estas oportunidades y, siendo admirador de las mujeres, había aprendido su lección; se encontraba en una posición que le permitía apreciar las bellas cualidades de Georgina Gressie. La joven parecía una duquesa —no quiero decir que en puertos extranjeros Benyon se hubiera relacionado con duquesas— y se tomaba todo con profunda seriedad. Aquello halagaba al joven caballero, que era un simple teniente de servicio en el astillero naval de Brooklyn. Sin un penique en el mundo, excepto su salario, y con una numerosa y sencilla familia en New Hampshire —gente de mar y temerosa de Dios—, tenía un talento considerablemente notable, una febril y disimulada ambición, y un ligero defecto en el habla. Era un joven austero y fuerte; su cabello oscuro era liso y hermoso, y su rostro, ligeramente pálido, suave y de rasgos delicados. Tartamudeaba levemente, ruborizándose largo tiempo cuando lo hacía. Ignoro qué aspecto tenía a bordo, pero en tierra firme, con su atuendo de civil que era de lo más elegante, apenas se adivinaba su oficio de marinero. No era un lobo de mar, no tenía la piel curtida, ni era particularmente «valiente». Nunca se remangaba los pantalones, ni actuaba —

hasta donde uno podía ver—, con su actitud modesta y atenta, como una persona acostumbrada a mandar. Como subalterno, claro está, su trabajo consistía mayormente en acatar órdenes. Su apariencia era la de alguien que sigue una llamada sedentaria, y de hecho, se le suponía una persona decididamente intelectual. Se comportaba como un cordero con las mujeres a cuyos encantos, como he apuntado, era susceptible; pero con los hombres era diferente y tan lobuno, creo, como fuera necesario. Sentía debilidad por la bella e insolente reina de sus afectos (explicaré en un momento por qué la llamo insolente), a quien tenía en verdad en muy alta estima literal y sentimentalmente, dado que ella era, por poco, la más alta de los dos.

Benyon había conocido a Georgina Gressie el verano anterior en la veranda de un hotel en Fort Hamilton, a donde, acompañado de un amigo oficial en una calesa polvorienta, se había dirigido desde Brooklyn para pasar un domingo extraordinariamente caluroso —el tipo de día en que el astillero resultaba insoportable. El contacto se reanudó mediante su visita a la calle Doce el día de Año Nuevo— un tiempo de espera considerable para un pretexto, que confirmó no obstante que la impresión no había sido pasajera. La relación maduró gracias a un celoso cultivo (por parte de él) de las ocasiones que la Providencia, debe confesarse, ponía a su disposición de forma no en exceso liberal; así pues, Georgina ocupaba entonces todos sus pensamientos y una considerable parte de su tiempo. El joven estaba enamorado de ella más allá de toda duda; pero no podía presumir de que la muchacha lo estuviera de él, aunque sí pareciera estar dispuesta (lo que era muy extraño) a discutir con su familia por su causa. Benyon no comprendía cómo Georgina podía estar realmente interesada en él, cuando por naturaleza estaba marcada para un futuro mucho más prometedor, y solía decirle, «¡Ah, a ti no… es inútil hablar, a ti no… realmente no te importo nada…!». A lo que ella respondía, «¿De verdad? Eres muy extraño. ¡Me parece que me importas lo suficiente si te permito que toques una de las puntas de mis dedos!». Ésa era una de las formas en que la muchacha manifestaba su insolencia. Otra era simplemente la manera en que, con sus duros y divinos ojos azules, miraba a Benyon o a otras personas cuando hablaban con ella y las observaba tranquilamente, de forma divertida, con aspecto de considerar desde su propio punto de vista lo que podían haber dicho, volviendo finalmente la cabeza o la espalda mientras estallaba en una risa breve, líquida e irrelevante, sin tomarse la molestia de contestarles. Esto puede parecer contradictorio con lo que acabo de señalar acerca de que se tomaba en serio al joven teniente de la Marina. Lo que quiero decir es que parecía que se lo tomaba más en serio que cualquier otra cosa. Una vez le dijo, «En todo caso, tienes el mérito de no ser un comerciante;» pues éste era el epíteto que le complacía utilizar para designar a la mayoría de los jóvenes muchachos que en aquel momento prosperaban en la mejor sociedad de Nueva York.

Incluso aunque tuviera una manera notablemente libre de expresar una indiferencia general, se supone que una joven dama es lo bastante seria cuando consiente en casarse con alguien. Por lo demás, es probable que mi historia arroje luz suficiente respecto a una cierta altanería que podía observarse en Georgina Gressie. En una ocasión, la joven hizo saber a Benyon que las razones por las que él le agradaba no eran de su incumbencia, pero que, para complacerse a sí misma, no le importaba decirle que pensaba que el gran Napoleón, antes de ser admirado y de haber estado al mando del ejército italiano, debía haberse parecido en algo a él; y con unas cuantas palabras dibujó el tipo de persona que imaginaba que el incipiente Bonaparte había sido —corto de estatura, delgado, pálido, pobre, intelectual y con un futuro prometedor bajo su sombrero. Benyon se preguntaba a sí mismo si él tenía un futuro prometedor, y qué sería lo que Georgina esperaba de él en los años venideros. Le halagaba esta comparación y era lo suficientemente ambicioso como para no sentirse asustado por ella; suponía que Georgina percibía una cierta analogía entre sí misma y la emperatriz Josefina. No cabía duda de que la muchacha resultaría una muy buena emperatriz; Georgina era extraordinariamente imperial. Esto, al comienzo, podía no hacer comprensible por qué la joven favorecía a un aspirante que a primera vista no era original y cuya Córcega era un simple puerto de mar en Nueva Inglaterra; pero después resultó evidente que su breve felicidad —fue muy breve— se debía a la oposición paterna, la de su padre y la de su madre, e incluso la de sus tíos y tías. En el Nueva York de aquel entonces los diferentes miembros de una familia se interesaban por sus alianzas, y la casa de los Gressie miraba con recelo un compromiso entre la más hermosa de sus hijas y un joven que no trabajaba en un negocio rentable. Georgina declaró que sus parientes eran entrometidos y vulgares —de esta forma, sin escrúpulos, era capaz de sacrificar a su propia gente—; y la posición de Benyon mejoró desde el momento en que Mr. Gressie —el mal aconsejado Mr. Gressie— ordenó a la muchacha que dejara de verle. Georgina fue imperial en su actitud: no consentiría una orden. Cuando en la casa de la calle Doce comenzó a hablarse de que sería mejor que la enviaran a Europa con alguna amiga adecuada — Mrs. Portico, por ejemplo, quien siempre estaba haciendo planes para ir y deseaba como compañera a alguna mente joven que, recién informada mediante manuales y periódicos, sirviera como fuente de historia y geografía —, y semejante plan para apartarla del camino empezó a airearse, Georgina dijo a Raymond Benyon inmediatamente, «¡Oh sí, me casaré contigo!». Lo dijo de una forma tan repentina que, a pesar de que él la amaba profundamente, estuvo casi tentado de responder, «Pero, querida, ¿lo has pensado realmente?».

Este pequeño drama continuó en Nueva York, en los lejanos días en los que la calle Doce apenas había dejado de considerarse como las afueras; cuando las plazas tenían estacas de madera, a menudo sin pintar, y era posible encontrar amapolas en las calles importantes y cerdos en las laterales; cuando los teatros se hallaban a millas de distancia de Madison Square, y la desgastada rotonda de Castle Garden resonaba con cara música vocal; cuando «el parque» eran las explanadas de césped del Ayuntamiento, y la calle Bloomingdale se consideraba una cotizada avenida; cuando Hoboken, en una tarde de verano, resultaba un elegante lugar de descanso, y la casa más hermosa de la ciudad se situaba en la esquina de la Quinta Avenida y la calle Quince. Temo que esta época resulte notablemente primitiva al lector moderno; pero no estoy seguro de que la fuerza de las pasiones humanas esté en proporción con el crecimiento de una ciudad. Algunas de estas pasiones, en cualquier caso, las más robustas y comunes —el amor, la ambición, los celos, el rencor, la avaricia— subsistían con considerable fuerza en el pequeño círculo que hemos observado, donde se había adoptado una opinión nada favorable respecto a las atenciones de Raymond Benyon para con Miss Gressie. La unanimidad era un rasgo común entre esta familia (Georgina era una excepción), especialmente en lo concerniente a los acontecimientos importantes de la vida, tales como matrimonios y decesos. Los Gressie permanecían unidos; estaban acostumbrados a desenvolverse por sí mismos y a ayudarse entre ellos. Hacían todo correctamente: nacían bien (pensaban que era excelente nacer con el apellido Gressie), vivían bien, se casaban bien, morían bien, y conseguían que se hablara bien de ellos tras su muerte. En deferencia a este último hábito mencionado, debo tener cuidado de lo que digo sobre ellos. Se interesaban por los asuntos respectivos, un interés que nunca podía ser considerado como una naturaleza entrometida en la medida en que todos pensaban de la misma manera sobre el conjunto de sus asuntos, y las intromisiones tomaban la feliz forma de felicitación y apoyo. Estos asuntos eran invariablemente afortunados y, en general, ningún Gressie tenía nada que hacer salvo sentir que otro miembro de la familia se había comportado de forma casi tan sagaz y decidida como él mismo lo habría hecho. La gran excepción a eso, como he dicho, fue este caso de Georgina, que había dado la nota de forma escandalosa, una nota que les sobresaltó a todos cuando la muchacha comunicó a su padre que le gustaría unirse a un joven relacionado con el negocio menos lucrativo del que ningún Gressie hubiera oído hablar jamás. Sus dos hermanas habían emparentado con las empresas más florecientes, y no podía pensarse que —con veinte primos creciendo a su alrededor— ella pudiera rebajar el nivel de éxito. Su madre le había dicho quince días antes que debía pedir a Mr. Benyon que dejara de visitarles, pues hasta entonces su cortejo había sido de lo más público y decidido. Algunas tardes, el joven tomaba el ferry de Brooklyn y se dirigía al «escenario» en la parte alta de la ciudad; preguntaba por Miss Georgina en la puerta de la casa de la calle Doce, y se sentaba con ella en el salón que daba a la calle si sus padres ocupaban el posterior, o en el posterior si la familia se había acomodado en el principal. Georgina, a su manera, era una muchacha obediente, y repitió de inmediato ante Benyon la admonición de su madre. Éste no se sorprendió, pues, aunque era consciente de que hasta el momento no tenía un gran conocimiento de la sociedad, le gustaba pensar que podía saber cuándo y dónde un joven educado no era bienvenido. Había casas en Brooklyn donde semejante criatura era muy apreciada, y allí los signos eran notablemente diferentes.

Excepto por parte de Georgina, dichos signos habían sido desalentadores en la calle Doce desde la primera visita del joven. Mr. y Mrs. Gressie solían mirarse el uno al otro en silencio cuando Benyon entraba, y se permitían unos extraños y distantes saludos, que no implicaban estrechamiento de manos alguno. La gente se comportaba así en Portsmouth, N.H., cuando se alegraban de ver a alguien; pero en Nueva York todo era más exuberante, y los gestos tenían un valor distinto. A Benyon nunca se le preguntó si quería «tomar algo», a pesar de que en la casa se adivinara una esencia deliciosa —un auténtico aroma a aparadores—, como si existieran «pequeñas bodegas» de caoba debajo de cada mesa. Los padres, además, habían expresado sorpresa repetidamente por la cantidad de tiempo libre del que los oficiales de la Marina parecían disfrutar. La única manera en que no se habían hecho ofensivos era permaneciendo siempre en la otra habitación; pero incluso este distanciamiento, al que Benyon debía algunos momentos deliciosos, se le antojaba en ocasiones como una forma de desaprobación. Por supuesto, tras el mensaje de Mrs. Gressie, dio sus visitas prácticamente por terminadas: Benyon no renunciaría a la muchacha, pero no estaría en deuda con su padre por la oportunidad de conversar con ella. No le quedó otro remedio a la tierna pareja —había una curiosa desconfianza mutua en su ternura— que encontrarse en plazas, en calles más al norte, o en avenidas secundarias durante las tardes de primavera. Fue especialmente durante esta fase de su relación cuando Benyon pensó que Georgina era alguien imperial. Su entera persona parecía exhalar una tranquila y feliz consciencia de haber infringido una ley. Ella nunca le dijo qué excusas proporcionaba en casa ni cómo lograba siempre mantener las citas (para reunirse con él fuera del hogar), que tan valientemente fijaba. Tampoco le informaba de hasta qué punto disimulaba ante sus padres, y cuánto sospechaban y aceptaban sus progenitores de aquella prolongada amistad. Si Mr. y Mrs. Gressie le habían prohibido visitar su casa, no era evidentemente porque desearan que su hija se pasease con él por la Décima Avenida o para que se sentara a su lado bajo los lilos en flor en

Stuyvesant Square. Benyon no creía que Georgina contase mentiras en la calle Doce —consideraba que era demasiado imperial para mentir; y se preguntó lo que la muchacha habría respondido a su progenitora cuando, al final de casi toda una tarde de vaga peregrinación con su amado, esta agitada e irritada comadre le preguntó dónde había estado. Georgina era capaz de decir simplemente la verdad; pero si así lo hacía, resultaba asombroso que aún no la hubieran enviado, con más razón, a Europa. El que Benyon ignorase los pretextos de la muchacha es una prueba de que esta pareja, unida de forma notablemente extraña, nunca llegó a una intimidad perfecta, a pesar de un hecho que queda por señalar. Más adelante, Benyon pensó en esto y en lo extraño que le parecía no haber sentido más libertad para preguntarle a Georgina lo que hacía por él, cómo lo hacía y cuánto sufría por él. Ella probablemente no habría admitido sufrir lo más mínimo, ni albergar deseo alguno de hacerse pasar por una mártir.

Benyon recordó esto, como digo, en años posteriores, cuando trató de explicarse a sí mismo ciertas cosas que simplemente le extrañaban. Los recuerdos volvían a él con la visión ya desvanecida de polvorientos cruces de calles que se extendían hacia los ríos sin orden ni concierto, vistos a través de una nube de polvo sobre un fondo de rojos atardeceres; un panorama en el que las figuras de un hombre joven y de una muchacha se alejaban lentamente y desaparecían, caminando uno junto al otro con el paso relajado de una conversación irregular, pero más estrechamente unidos conforme se alejaban en la distancia por algo que al fin les parecía seguro: ir cogidos del brazo por la Décima Avenida. Siempre se aproximaban a aquella calle en la parte sur de la ciudad; pero en aquellos días Benyon apenas podía haber dicho a qué más se estaban acercando. Su salario era lo único que tenía, y como sentía que éste era un ingreso demasiado «humilde» como para presentarlo ante Miss Gressie, no se lo ofreció. Lo que le brindó, en su lugar, fue la expresión —a menudo rudimentaria, y casi juvenilmente extravagante— de una deliciosa admiración por su belleza, así como por los más tiernos tonos de su voz, las más suaves convicciones de sus ojos, y la más insinuante presión sobre su mano en aquellos momentos en los que ella consentía en colocarla sobre su brazo. Todo esto eran manifestaciones que, si hubiera sido preciso, podrían haberse resumido en una sola frase; pero aquellas pocas palabras apenas eran necesarias cuando estaba tan claro que la esperanza de Benyon de que Georgina le desposara era comparable a la inseguridad que sentía en que ella viviera con unos cuantos cientos de dólares al año. Si hubiera sido una muchacha diferente podría haberle pedido que esperase; podría haberle dicho que vendrían días mejores, que le ascenderían, que sería más inteligente, tal vez, abandonar la Marina y buscar una carrera más lucrativa. Con Georgina era difícil profundizar en estas cuestiones; no tenía gusto alguno por el detalle. Era deliciosa como mujer a la que amar —algo que un hombre joven y enamorado podía descubrir—; pero no podía decirse que fuese alguien útil, pues nunca sugería nada. Es decir, nunca lo había hecho hasta el día en que propuso realmente —pues así es como ocurrió— convertirse en su esposa sin más dilación. «Oh, sí, me casaré contigo». Estas palabras, que cité anteriormente, no fueron tanto la respuesta a algo que él hubiera dicho en aquel momento como la ligera conclusión de un comentario que ella acababa de hacer (por primera vez) de su actual situación en la casa de su padre.

III

—Me temo que voy a tener que verte menos —comenzó por decir ella—. Me vigilan mucho.

—Nos vemos ya muy poco —respondió él—. ¿Qué son una o dos veces a la semana?

—Es muy fácil de decir para ti. Tú eres tu propio dueño, pero no sabes por lo que estoy pasando.

—¿Te lo ponen muy difícil, querida? ¿Han hecho alguna escena? —preguntó Benyon.

—No, por supuesto que no. ¿No nos conoces lo suficiente como para saber que nos comportamos? No ha habido ninguna escena; eso sería un alivio. Aun así, yo nunca las he hecho, ni las haré —lo que puede ser un consuelo para ti en el futuro, por si deseas saberlo. Ni mi padre ni mi madre dicen nada; me observan como si fuera una descarriada y entornan los ojos clavándome una mirada dura y penetrante. A mí apenas me dirigen la palabra, pero ellos hablan de todo esto entre sí e intentan decidir lo que debe hacerse. Creo que mi padre ha escrito a alguien en Washington... ¿cómo se llama?... el Ministerio... para que te trasladen fuera de Brooklyn... y te envíen al mar.

—No creo que eso sirva de nada. Me quieren en Brooklyn, no en el mar.

—Bueno, mis padres son capaces de ir a Europa durante un año con el propósito de llevarme con ellos —dijo Georgina.

—¿Cómo pueden llevarte con ellos si tú no vas a ir? Y, ¿de qué serviría que fueras si a tu regreso me ibas a encontrar, exactamente igual que cuando me dejaras?

—¡Oh, bueno! —dijo Georgina, con su encantadora sonrisa—. Naturalmente, piensan que la ausencia me curaría de... me curaría de... —e hizo una pausa, con una especie de cínica modestia, sin terminar la frase.

—¿Curarte de qué, querida? Dilo, por favor, dilo —murmuró el joven, acercando a escondidas la mano de ella hacia su brazo.

—¡De mi absurdo capricho!

—¿Y sería así, querida?

—Sí, muy probablemente. Pero no tengo intención de intentarlo. No voy a ir a Europa... no cuando no quiero. Aun con todo, es mejor que no nos veamos tanto... incluso que parezca... ligeramente... como si hubiera renunciado a ti.

—¿Ligeramente? ¿A qué llamas ligeramente?

Georgina permaneció en silencio por un momento.

—Bueno, que, por ejemplo, ¡no me aprietes tanto cuando me cojas de la mano!

Y la muchacha liberó el miembro en cuestión de la presión del brazo de Benyon.

—¿En qué nos beneficiará todo esto? —preguntó él.

—Les hará pensar que todo se ha acabado... que hemos acordado separarnos.

—Pero ¿de qué servirá si no hemos hecho nada parecido?

Se habían detenido en el cruce de una calle; un pesado carro avanzaba lentamente ante ellos. Mientras permanecía allí, Georgina giró el rostro hacia su amado y posó sus ojos por un instante sobre los de él. Al fin, dijo:

—No nos servirá de nada; creo que no somos muy afortunados —respondió, mientras una extraña sonrisa, irónica e incoherente, jugueteaba en sus bellos labios.

—No entiendo tu manera de ver las cosas. Pensaba que ibas a decir que te casarías conmigo —replicó Benyon, permaneciendo allí quieto, aunque el carro hubiera pasado.

—¡Oh sí, me casaré contigo!

Y avanzando por la calle, la muchacha se alejó. Así lo dijo, de la forma que era tan característica en ella. Cuando Benyon comprendió que ésas eran sus intenciones realmente, deseó que se encontraran en otro lugar —apenas sabía cuál sería el adecuado— para poderla tomar entre sus brazos. Aun así, antes de decirse adiós aquel día, él le había dicho que esperaba que se acordase de que serían muy pobres, y le recordó que esto representaría un cambio importante para ella. La joven respondió que no le importaría, y entonces añadió que si ése era el único impedimento, cuanto antes se casaran, mejor. La siguiente ocasión en que se vieron, Georgina no había cambiado de opinión; pero Benyon averiguó, para su sorpresa, que entonces ella consideraba que era mejor que no abandonara la casa de su padre. La ceremonia, por supuesto, debía tener lugar en secreto; pero esperarían un tiempo antes de dar a conocer su unión.

—¿Qué sentido tendrá, entonces? —preguntó Raymond Benyon.

Georgina se sonrojó.

—Bueno, si tú no lo sabes, ¡no te lo puedo decir!

Llegado este punto, Benyon creyó entender de qué se trataba. Al mismo tiempo, sin embargo, no podía comprender la necesidad del secreto una vez el nudo estuviera hecho. Cuando preguntó qué acontecimiento especial debían esperar y qué les daría la señal para aparecer como marido y mujer, ella respondió que sus padres probablemente le perdonarían si descubrieran de forma no muy abrupta, después de seis meses, que ella había dado el gran paso. Benyon suponía que Georgina había dejado de preocuparse por si la perdonaban o no; pero ya había percibido que la naturaleza de las mujeres es un extraño mosaico. La creía capaz de casarse con él en un alarde de valentía, pero el placer del desafío era nulo si el matrimonio quedaba tan sólo entre ellos. En aquel momento no parecía que Georgina tuviera especial empeño en oponerse; más bien se mostraba dispuesta a llevar el control y a tratar de ganar tiempo.

—Déjamelo a mí; déjamelo a mí. Tú eres sólo un hombre torpe —dijo Georgina—. Conozco mucho mejor que tú el momento adecuado para decir «¡Más vale que os alegréis porque ya lo hemos hecho!».

Eso podía ocurrir perfectamente, pero Benyon no acababa de entender el asunto, y permaneció extrañamente ansioso (para ser un enamorado) hasta que comprendió de repente que había una cosa que, en cualquier caso, estaba a su favor: que la muchacha más delicada que hubiera visto nunca se mostraba dispuesta a arrojarse en sus brazos. Cuando, con un ligero sonrojo de sinceridad en su rostro, Benyon le dijo a Georgina con sencillez que si había algo que odiaba en su plan era que durante estas pocas semanas, o días, su esposa sería mantenida por su padre, ésta le respondió con una muestra de su risa irrebatible, además de declarar que le estaría bien a Mr. Gressie por ser tan brutal y horrible. En opinión de Benyon, Georgina debía dejar de aprovecharse de la protección de su progenitor desde el momento en que le desobedeciera; pero estoy obligado a añadir que para el joven no resultaba especialmente sorprendente el considerar esto como una especie de honor en el que la naturaleza femenina estaba poco versada. La opción más digna que se presentaba finalmente ante el joven oficial como amante y caballero era hacer de Georgina su esposa en primer lugar —en cuanto se pudiera— siempre que ésta aceptase, y confiar en que tan pronto como fuera posible a partir de entonces, la fortuna y sus nuevas influencias le facilitaran llegar a poseerla por completo. Sería sólo un pedante si no se llevara nada porque no podía conseguirlo todo a la vez.

Aquella tarde se alejaron más de lo habitual y era casi de noche cuando Benyon acompañó a Georgina hasta la puerta de la casa de su padre. No era su costumbre acercarse tanto, pero aquel día tenían mucho de qué hablar, y permanecieron de pie durante diez minutos al borde de las escaleras. El joven mantenía la mano de Georgina en la suya, y la muchacha la dejó descansar ahí al tiempo que dijo —a modo de comentario que resumía todas sus razones y reconciliaba sus diferencias:

—Hay algo muy importante que servirá, ya sabes: que me mantendrá a salvo.

—¿A salvo de qué?

—De casarme con otro.

—Ah, querida, ¡si hicieras eso…! —exclamó Benyon, pero no continuó la frase. En su lugar, levantó la vista a la ciega fachada de la casa (tan sólo se veían unas débiles luces en dos o tres ventanas, y no parecía que hubiera nadie observando) y hacia ambos lados de la calle vacía, borrosa en la agradable penumbra. Acto seguido, atrajo a Georgina Gressie hacia su pecho y le dio un largo y apasionado beso. Sí, decididamente sintió que sería mejor que se casaran. La muchacha había subido rápidamente las escaleras y mientras permanecía allí, con su mano sobre la campanilla, estuvo a punto de decirle a Benyon entre dientes, en un susurro, «Vete, vete; ¡Amanda llega!». Amanda era la doncella. Y así fue como la Julieta de la calle Doce se despidió de su Romeo de Brooklyn. Benyon se adentró de nuevo por la Quinta Avenida, donde el aire vespertino se impregnaba de una fragancia primaveral proveniente de los arbustos del pequeño recinto de la hermosa iglesia gótica que decora aquella agradable parte de la calle. El recuerdo del delicioso contacto del que la muchacha se había liberado bruscamente ocupaba los pensamientos del joven hasta tal punto que este no se dio cuenta de que la importante razón que ella había mencionado un momento antes era desde luego un motivo para casarse, aunque en absoluto justificaba que no lo hicieran público. Sin embargo, como dije en las primeras líneas de este relato, si Benyon no entendió los motivos de su amada al final, no podía esperarse que los hubiera comprendido al principio.

IV

Mrs. Portico, como sabemos, siempre hablaba de viajar a Europa; pero todavía no había escogido a una joven cicerone —quiero decir, un año después del incidente que acabo de relatar—. Debía tratarse, por supuesto, de una muchacha; era necesario que su acompañante fuera del sexo que se hunde de forma natural en bancos, galerías y catedrales, y que se detiene con frecuencia en las escaleras que llevan hacia famosas vistas. Mrs. Portico era una viuda con una buena fortuna y varios hijos varones. Todos trabajaban en Wall Street, y ninguno de ellos era capaz del paso tranquilo en el que ella esperaba llevar a cabo su periplo extranjero; estaban continuamente en tensión y no se relajaban un solo momento. Ella era una mujer de baja estatura, ancha y sonrosada, con una voz enérgica y abundante pelo negro, recogido de una forma que le era característica, con tantas peinetas y cintas que parecía un peinado nacional. En el Nueva York de 1845 se pensaba que el estilo era danés; alguien dijo haberlo visto en Schleswig-Holstein. Mrs. Portico tenía una apariencia atrevida, divertida y ligeramente extravagante. La gente que la veía por primera vez recibía la impresión de que su marido ya fallecido se había casado con la hija de un tabernero o con la propietaria de una colección de animales salvajes. Su elevada voz, ronca y bondadosa, parecía conectarla de algún modo con la vida pública, pero no era lo suficientemente hermosa como para sugerir que podía haber sido actriz. Estas ideas, sin embargo, se desvanecían con rapidez incluso si uno no estaba lo suficientemente informado como para saber —como todos los Gressie, por ejemplo, sabían tan bien— que su origen, tan lejos de estar envuelto en misterio, era algo de lo que casi podría haber presumido. Ella, sin embargo, y a pesar del alto nivel de su apariencia, no presumía de nada; era una persona brillante, dócil, cómica e irreverente, de gran generosidad y con una disposición democrática y fraternal. Despreciaba muchos principios mundanos, que no expresaba en absoluto en axiomas generales (pues tenía un terror mortal a la filosofía), sino en violentas exclamaciones en ocasiones determinadas. No tenía ni un ápice de timidez moral, y se enfrentaba a un delicado problema social con la misma energía con la que habría prohibido el paso a un caballero con quien se hubiera encontrado en el vestíbulo portando algo insólito. Lo único que le impedía ser una pesada en círculos ortodoxos era su incapacidad para el debate. Nunca perdía los nervios, pero sí su vocabulario, y terminaba rápidamente pidiendo al cielo que le diera una oportunidad para poner en práctica lo que creía. Era una vieja amiga de Mr. y Mrs. Gressie, a la que apreciaban por la antigüedad de su linaje y la frecuencia de sus contribuciones, y a quienes, como gente demasiado segura de su propia posición como para alarmarse, hacía sentir liberales. Mrs. Portico era su extravagancia, su distracción, su punto de contacto con los herejes peligrosos; mientras continuaran viéndola nadie podría acusarles de ser estrechos de miras —un asunto respecto al cual eran quizás vagamente conscientes de que debían tomar sus precauciones. Mrs. Portico nunca se preguntó a sí misma si le gustaban los Gressie; no tenía inclinación para el análisis morboso. Aceptaba las relaciones que le venían dadas y, de algún modo, pensaba que su relación con esta gente la ayudaba a desahogarse. Siempre daba el espectáculo en el salón de sus amigos con escenas medio exasperantes, medio jocosas, como todas sus manifestaciones, a las que debe confesarse, sus anfitriones se adaptaban magníficamente. Los Gressie nunca se «enfrentaban» con ella en el lenguaje de la controversia; siempre se reunían para verla ofreciéndole sonrisas y conocidos tópicos, como si envidiaran su superior riqueza de temperamento. Mrs. Portico consideraba a Georgina diferente del resto y mostraba por ella un interés especial, que manifestaba mediante comentarios sobre su alto y audaz sentido del deber y sobre la improbabilidad de que la joven se casara de forma tan aburrida como sus hermanas. Éstas se habían casado por conveniencia, aunque Mrs. Portico habría preferido cortarse una de sus grandes y regordetas manos antes que comportarse de esa manera. En su condición de madre que no había tenido hijas, se había formado un cierto ideal de muchacha, hermosa y romántica, de ojos nostálgicos y ligeramente perseguida, a quien ella, Mrs. Portico, pudiera rescatar de sus problemas. Hasta un cierto punto consideraba a Georgina como alguien que encarnaba esta visión, si bien en realidad nunca había entendido a la muchacha en absoluto. Mrs. Portico debería haber sido astuta, pero como carecía de esta distinción nunca comprendió nada hasta después de muchas desilusiones y contrariedades. Era difícil asustarla, pero se alarmó sobremanera por una noticia que esta joven dama le anunció una hermosa mañana de primavera. Con su rubicunda apariencia y su mente especuladora, era probablemente la mujer más inocente de Nueva York.

Georgina llegó muy temprano, más pronto incluso de lo que era habitual cuando se hacían visitas en Nueva York hace treinta años, e inmediatamente, sin ningún preámbulo, mirándola directamente a la cara, le dijo a Mrs. Portico que tenía un gran problema y que debía recurrir a ella en busca de ayuda. El aspecto de Georgina no dejaba entrever aflicción alguna; se presentaba tan fresca y hermosa como el mismo día de abril. Sostenía la cabeza en alto y sonreía con una especie de desafío familiar, dando la impresión de ser una mujer joven que, de forma natural, se encontraba en buenas relaciones con la fortuna. En un tono que no era en absoluto el que emplearía una persona que hace una confesión o que relata una desgracia, dijo:

—Sé que le sorprenderá... pero deber saber, para empezar, que estoy casada.

—¡Casada, Georgina Gressie! —repitió Mrs. Portico, con la más sonora de sus voces.

Georgina se levantó, cruzó de forma majestuosa la habitación, y cerró la puerta. Entonces permaneció de pie allí, con la espalda apoyada en los paneles de caoba, indicando sólo por la distancia que había interpuesto entre ella misma y su anfitriona la conciencia de una situación irregular.

—No soy Georgina Gressie... soy Georgina Benyon; y se ha hecho evidente que en poco tiempo tendrá lugar la consecuencia natural.

Mrs. Portico estaba completamente desconcertada.

—¿La consecuencia natural? —exclamó, con la vista fija en Georgina.

—De que una se case, quiero decir; supongo que sabe a lo que me refiero. Nadie debe saber nada al respecto. Quiero que usted me lleve a Europa.

Mrs. Portico se levantó entonces lentamente del asiento y, acercándose a su invitada, la miró de la cabeza a los pies como para medir la verdad de su sorprendente noticia. Puso sus manos brevemente sobre los hombros de Georgina y, contemplando su rostro radiante, la atrajo hacia sí y la besó. De esta forma, la muchacha fue conducida de nuevo hacia el sofá, donde, en una conversación de extrema intimidad, abrió los ojos de Mrs. Portico más de lo que estos habían estado nunca. Georgina era la esposa de Raymond Benyon; llevaban casados un año, pero nadie sabía nada acerca del asunto. Lo había ocultado a todo el mundo, y pretendía seguir haciéndolo. La ceremonia había tenido lugar en una pequeña iglesia episcopaliana en Haarlem un domingo por la tarde, después del servicio. No había nadie que los conociera en aquel polvoriento barrio. El clérigo, irritado por tener que quedarse y deseoso de llegar a casa para tomar el té, no había puesto inconveniente y aseguró el lazo antes de que pudieran darse la vuelta. Resultaba ridículo lo fácil que había sido. Raymond, en confianza, había informado al pastor de que todo debía quedar en secreto, pues la familia de la joven no aprobaba lo que estaba haciendo. Ella tenía no obstante la edad legal para casarse y era perfectamente libre; podía verlo por sí mismo. El clérigo lanzó un gruñido poco elogioso cuando la miró por encima de sus anteojos; parecía decir que en verdad Georgina ya no era ninguna jovencita. Naturalmente, su apariencia no era la de una niña y, desde luego, ya no lo era ahora. Raymond había certificado su propia identidad como oficial de la Marina de los Estados Unidos (tenía papeles, además de su uniforme, que llevaba puesto), y presentó al clérigo un amigo que había traído consigo y que también era marino, un respetado responsable de las nóminas. Fue él quien entregó a Georgina en matrimonio, como si dijéramos; era un anciano encantador, un auténtico patriarca y absolutamente de confianza. Él mismo se había casado tres veces, la primera de ellas de esta misma forma. Tras la ceremonia, Georgina regresó a casa de su padre, pero se citó con Mr. Benyon al día siguiente. Después le vio —durante un tiempo— bastante a menudo. Él siempre le pedía que se fuera con él de una vez por todas; era algo que le debía. Pero ella no lo haría —no entonces—, quizás no lo hiciese nunca. Tenía sus motivos, que a ella le parecían excelentes, pero que eran difíciles de explicar, y se los expondría a Mrs. Portico a su debido tiempo. Pero la cuestión en aquel momento no era si sus motivos eran buenos o malos; lo que importaba era que se quería marchar del país durante varios meses, lejos de cualquiera que la hubiera conocido. Le gustaría ir a algún pueblecito de España o de Italia, donde permanecería fuera del mundo hasta que todo hubiera pasado.

El corazón de Mrs. Portico dio un vuelco cuando esta serena, hermosa y sencilla muchacha, que se sentaba allí con una mano entre las suyas y le hacía partícipe de su extraordinaria historia, dijo que todo había acabado. Había una brillante frialdad en ello, una ligereza artificial, que sugería… la pobre Mrs. Portico apenas sabía el qué. Si Georgina iba a convertirse en madre, se suponía que lo sería para siempre. La joven le dijo que había un bello lugar en Italia — Génova— del que Raymond le había hablado a menudo, y donde él había estado en más de una ocasión de tanto que lo admiraba; ¿no podían ir allí y estar tranquilas durante un corto periodo de tiempo? Era consciente de que estaba pidiendo un gran favor; pero si Mrs. Portico no la acompañaba encontraría a alguien que lo hiciera. Habían hablado de este viaje con mucha frecuencia; y, ciertamente, si Mrs. Portico había estado dispuesta antes, debía estarlo mucho más ahora. La muchacha declaró que haría algo, que iría a algún sitio, y que de una forma u otra mantendría oculta su situación; era inútil hablarle de que la revelase, prefería morir a que se supiese. Parecía extraño, sin duda, pero sabía lo que hacía. Nadie había averiguado nada todavía — había logrado hacer lo que deseaba a la perfección— y su padre y su madre creían —como Mrs. Portico había creído, ¿no era así? — que, en algún momento del pasado año, Raymond Benyon había dejado de ser para ella lo que había sido antes. Así se suponía, y así era. Se había ido y estaba lejos — Dios sabía dónde— en algún lugar del Pacífico; ella estaba sola, y de esa forma permanecería entonces. La familia pensaba que, junto con otras cosas, todo había acabado con el regreso del joven a su barco y tenían razón, pues la relación entre ellos se había terminado, o se terminaría pronto.

V

Para entonces, Mrs. Portico sentía casi temor hacia su joven amiga, que demostraba tener tan poco miedo como vergüenza. Si esta honesta dama hubiera estado acostumbrada a analizar las cosas un poco más, habría dicho que la muchacha tenía muy poca conciencia. Observaba a Georgina con ojos dilatados —su invitada estaba sin duda mucho más tranquila que ella— mientras, entre exclamaciones y murmullos, se removía adelante y atrás, secándose la frente con su pañuelo de bolsillo. Había cosas que no entendía, como que todos hubieran sido engañados de esa forma, pensando que Georgina estaba renunciando a su amante (se congratulaban de que hubiera perdido la esperanza o de que se hubiera cansado de él) cuando en realidad se había unido a él irremediablemente. Y además de esto, pensaba en la inconsecuencia de la muchacha, en su volubilidad, en su falta de motivos, en la forma en la que se contradecía a sí misma, ¡y en su aparente creencia de que podría ocultar una situación así para siempre! No había nada vergonzoso en haberse casado con el pobre Mr. Benyon, aunque hubiera sido en una pequeña iglesia de Haarlem, ni en haber sido entregada por un responsable de las nóminas; era mucho más deshonroso encontrarse en este estado sin estar preparada para dar las explicaciones adecuadas. Además, ella debía de haber visto muy poco a su marido; en lo que concernía a sus encuentros, habría renunciado a él casi inmediatamente después de su enlace. ¿Acaso la propia Mrs. Gressie no había informado a Mrs. Portico el mes de octubre anterior de que no había necesidad entonces de enviar lejos a Georgina en la medida en que el romance con el joven marino —un proyecto completamente inadecuado — había prácticamente tocado a su fin?

—Tras nuestra boda le vi menos… le vi muchísimo menos —explicó Georgina; pero su explicación sólo parecía hacer el misterio más denso.

—¡No entiendo, en ese caso, por qué razón te casaste con él!

—Teníamos que tener más cuidado; deseaba que pareciera que había renunciado a él. Claro que, en realidad, teníamos una relación mucho más estrecha; le veía de otra manera —dijo Georgina, sonriendo.

—¡Es de esperar! No puedo imaginar ni por un minuto cómo no llegasteis a ser descubiertos.

—Todo lo que puedo decir es que no lo fuimos. Es sin duda algo destacable. Nos las arreglábamos muy bien… es decir, me las arreglaba; él no deseaba colaborar en absoluto. ¡Y además mis padres son increíblemente estúpidos!

Mrs. Portico dejó escapar un comprensivo gemido, regocijándose en general de no tener una hija, mientras Georgina continuaba proporcionándole unos cuantos detalles más. En el verano, Raymond Benyon había sido destinado de Brooklyn a Charlestown, cerca de Boston, donde, como Mrs. Portico tal vez sabía, existía otro astillero en el que había temporalmente una gran cantidad de trabajo y requería más supervisión. Benyon permaneció allí varios meses, durante los cuales le había escrito para que se uniera a él urgentemente. Fue también entonces cuando recibió órdenes de incorporarse al barco un poco más tarde. Antes de irse, volvió a Brooklyn durante unas semanas para cerrar su trabajo allí, y entonces ella le había visto bastante a menudo. Aquel fue el mejor periodo de todo el año transcurrido desde que se casaron. Era extraordinario que no hubieran descubierto nada en casa porque ella había sido realmente imprudente, y Benyon había incluso intentado forzar la revelación. Pero su familia era dura de entendederas, eso era muy cierto. Él le había suplicado una y otra vez que pusiera fin a su falsa situación, pero ahora ella ya no se mostraba tan dispuesta como lo había estado al principio. Se habían despedido de forma un tanto desagradable; de hecho, para ser dos enamorados, fue una despedida muy extraña. Él ignoraba entonces lo que ella había ido a contar a Mrs. Portico; llevaba navegando mucho tiempo y Georgina no le había escrito. Podían pasar dos años antes de que regresara a los Estados Unidos.

—No me importa cuánto tiempo esté de viaje —dijo Georgina, llanamente.

—No has mencionado por qué te casaste con él. ¡Tal vez no te acuerdas! —exclamó Mrs. Portico, con su risa masculina.

—Oh, sí; le amaba.

—¿Y tus sentimientos por él han cambiado?

Georgina dudó por un momento.

—No, Mrs. Portico, por supuesto que no. Raymond es un hombre espléndido.

—Entonces, ¿por qué no vives con él? Es algo que no explicas.

—¿Qué sentido tendría si siempre está de viaje? ¿Cómo puede una mujer vivir con un hombre que se pasa la mitad de su vida en los mares del Sur? Si no estuviera en la Marina sería distinto; pero pasar por todo… quiero decir, todo lo que significaría hacer público nuestro matrimonio: la reprimenda, la vergüenza y el ridículo, las escenas en casa… pasar por todo esto sólo por ese hecho, y además estar sola aquí como lo estaba antes, sin en definitiva disfrutar de mi marido… —y aquí Georgina miró a su anfitriona como si tuviera la seguridad de que tal enumeración de inconvenientes la conmovería eficazmente—. Realmente, Mrs. Portico, estoy obligada a decir que no creo que eso merezca la pena; no tengo el valor para hacerlo.

—Nunca pensé que fueras una cobarde —dijo Mrs. Portico.

—Bueno, no lo soy si me da tiempo. Soy muy paciente.

—Nunca pensé eso tampoco.

—El casarse cambia a una persona —dijo Georgina, todavía sonriendo.

—Ciertamente, el matrimonio parece haber tenido un extraño efecto sobre ti. ¿Por qué no haces que él abandone la Marina y organizáis vuestra vida cómodamente, como todo el mundo?

—Por ninguna razón interferiría en sus posibilidades… de promoción. Estoy segura de que le ascenderán y de que eso ocurrirá inmediatamente, pues tiene mucho talento. Está dedicado a su profesión; le destrozaría abandonarla.

—Mi querida muchacha, ¡eres una maravilla viviente! —exclamó Mrs. Portico, observando a su compañera como si estuviese en una urna de cristal.

—Eso es lo que dice el pobre Raymond —contestó Georgina, sonriendo abiertamente.

—En verdad, habría lamentado mucho casarme con un marino; pero si lo hubiera hecho, ¡permanecería a su lado, plantando cara a todas las reprimendas del mundo!

—Ignoro cómo deben de haber sido sus padres, pero sé cómo son los míos —replicó Georgina, con algo de dignidad—. Cuando Benyon sea capitán dejaremos de escondemos.

—¿Y qué vas a hacer mientras tanto? ¿Qué haréis con vuestros hijos? ¿Qué haréis con este? ¿Dónde los esconderéis?

Georgina posó los ojos en su regazo por un momento; entonces, levantándolos, se encontró con los de Mrs. Portico.

—En algún lugar de Europa —dijo, con su dulce voz.

—Georgina Gressie, ¡eres un monstruo! —exclamó la dama.

—Sé lo que voy a hacer, y usted me ayudará —continuó la muchacha.

—Contaré a tus padres toda la historia… ¡eso es lo que haré!

—No tengo miedo de eso en absoluto… en absoluto. Usted me ayudará; le aseguro que lo hará.

—¿Quieres decir que mantendré al niño?

Georgina soltó una carcajada.

—¡Creo que lo haría si yo se lo pidiera! Pero no llegaré tan lejos; tengo mis recursos. Todo lo que deseo que haga es que esté conmigo.

—En Génova, sí, ¡lo tienes todo arreglado! Dices que a Mr. Benyon le gusta mucho el lugar. Eso es estupendo; pero ¿le parecerá bien que se deje a su hijo allí?

—No le gustará en absoluto. Como ve, le cuento la pura verdad —dijo Georgina con dulzura.

—Muchas gracias; ¡es una lástima que lo guardes todo para mí! Está en su mano, entonces, hacer que te comportes como hay que hacerlo. Él puede hacer público vuestro matrimonio si tú no lo haces; y en ese caso, tendrás que reconocer a tu hijo.

—¿Hacerlo público, Mrs. Portico? ¡Qué poco conoce usted a mi Raymond! Nunca rompería una promesa; antes se quemaría vivo.

—¿Y qué le has hecho prometer?

—Que no insista jamás en revelar el asunto en contra de mi voluntad; que nunca me reclame abiertamente como su mujer hasta que yo considere que sea conveniente; y que nadie sepa lo que ha pasado entre nosotros si me parece que debe mantenerse todavía en secreto… durante años… o mantenerse para siempre. Que él no haga nunca nada al respecto, excepto dejarme el asunto a mí. Me ha dado su solemne palabra de honor para todo esto, ¡y sé lo que eso significa!

Mrs. Portico, sentada en el sofá, dio un gran respingo.

—¡Sabes bien lo que haces! Y Mr. Benyon me sorprende por estar más trastornado de lo que tú estás. Nunca he oído de un hombre que pusiera su cabeza en semejante soga. ¿Qué bien puede hacerle?

—¿Qué bien? El bien que le hizo fue complacerme. En el momento en que se comprometió reconoció que habría hecho cualquier promesa bajo el sol. Fue una condición que le exigí a última hora, antes de que tuviera lugar el matrimonio. No había nada que él me hubiera negado en aquel instante; nada de lo que no hubiera podido convencerle. Hasta ese punto estaba enamorado… pero no quiero alardear —dijo Georgina, con tranquila grandiosidad—. Él quería… quería… —añadió; pero entonces se detuvo.

—¡No parece que quisiera mucho! —gritó Mrs. Portico, en un tono que hizo que Georgina se girase hacia la ventana, como si el grito hubiera alcanzado la calle. Su anfitriona percibió el movimiento y continuó—. ¡Oh, querida, si alguna vez cuento tu historia lo haré para que la gente la escuche!

—Usted no la contará nunca. Lo que quiero decir es que Raymond deseaba la formalización del asunto por la iglesia porque entendió que yo nunca haría nada sin ella. Él consideró, por tanto, que era mejor que la tuviéramos cuanto antes y para acelerar el proceso estaba dispuesto a cumplir cualquier promesa.

—Y vaya si la tienes —dijo Mrs. Portico, expresándose de forma familiar —. No sé lo que quieres decir con formalizaciones o lo que deseabas de ellas.

Georgina se levantó manteniendo más alta que nunca aquella hermosa cabeza que, a pesar del bochorno de esta entrevista, no había disminuido, sin embargo, un ápice de su elevación.

—¿Habría usted preferido que yo… no me casara?

Mrs. Portico se puso en pie a su vez y, sonrojada por la agitación de un conocimiento inusitado —era como si hubiese descubierto un esqueleto en su armario favorito— se encaró a su joven amiga por un momento. Entonces, sus sentimientos encontrados se resolvieron en una abrupta pregunta, que en el caso de Mrs. Portico implicaba una gran sutileza:

—Georgina Gressie, ¿estabas enamorada de él realmente?

La pregunta disipó de repente la extraña, estudiada y deliberada frialdad de la muchacha, que estalló en un rápido arrebato de pasión —una pasión que, por el momento, era predominantemente ira.

—¿Por qué si no, por el amor de Dios, habría hecho lo que he hecho? ¿Por qué si no me habría casado con él? ¿Qué es en lo que salgo ganando?

Un cierto temblor en la voz de Georgina y una luz en sus ojos, que Mrs. Portico consideró más espontánea y humana mientras pronunciaba estas palabras, afectaron a su anfitriona de forma menos dolorosa que cualquier otra cosa que la joven hubiera dicho hasta entonces. La dama tomó la mano de la muchacha y emitió indefinidos sonidos reprobatorios.

—Ayúdeme, mi querida y vieja amiga, ayúdeme —continuó Georgina, en un tono bajo y suplicante; y en un momento, Mrs. Portico vio que las lágrimas acudían a sus ojos.

—¡Qué extraña mezcla eres, hija mía! —exclamó—. Ve directa a casa y cuéntale todo a tu madre; es lo mejor que puedes hacer.

—Usted es más amable que mi madre. No debe compararse con ella.

—¿Qué puede hacerte? ¿Cómo puede herirte? No vivimos en tiempos paganos —dijo Mrs. Portico, que raras veces era tan histórica—. Además, no tienes razón alguna para hablar de tu madre de ese modo… ¡ni siquiera para pensar así de ella! Le habría gustado que te casaras con un hombre de cierta riqueza; pero siempre ha sido una buena madre contigo.

Al escuchar esta reprimenda, Georgina se despertó de nuevo repentinamente; como Mrs. Portico había dicho, ella era en efecto una mezcla rara. Consciente evidentemente de que no podía justificar de forma satisfactoria su presente rigidez, cambió a un resentimiento que la absolvía de la autodefensa.

—¿Por qué hizo él esa promesa entonces si me quería? ¡Ningún hombre que me amara realmente la habría hecho, ni ningún hombre que lo fuera como yo entiendo que debe serlo! Podía haber entendido que yo sólo lo hacía para ponerle a prueba… para ver si él deseaba aprovecharse del hecho de permanecer libre. Es una muestra de que no me ama… no como debería haberlo hecho; ¡y en un caso así, una mujer no está obligada a hacer sacrificios!

Mrs. Portico no era una persona de pensamiento ágil; su mente se movía vigorosamente, pero de forma pesada, aunque en ocasiones realizaba felices descubrimientos. Comprendió que las emociones de Georgina eran en parte reales y en parte ficticias, y que, en lo que concernía a este último asunto especialmente, la muchacha estaba tratando de «levantar» un resentimiento para excusarse a sí misma. El pretexto era absurdo, y la buena mujer estaba sorprendida por el hecho de que su joven invitada fuera tan cruel como para reprochar al pobre Benyon una concesión en la que ella había insistido y que sólo podía ser una prueba de la devoción del joven hacia ella, en tanto que la dejaba libre mientras él permanecía atado. En general, Mrs. Portico estaba sorprendida y consternada por tal carencia de simplicidad en el comportamiento de una joven a quien basta entonces ella había considerado tan cándida como elegante, y su apreciación de este descubrimiento se expresó en un tajante comentario: «Me sorprende que seas una muchacha tan mala, querida; ¡me sorprende que seas una muchacha tan mala!».

VI

El lector se asombrará sin duda de que, a pesar de esta reflexión, que parecía resumir el juicio de Mrs. Portico sobre el asunto, esta última consintiera en todo lo que Georgina le había pedido al cabo de unos pocos días. He pensado bien en narrar extensamente la primera conversación que tuvo lugar entre ellas, pero no debo rastrear más las sucesivas fases de la petición de la muchacha o los pasos mediante los que —a pesar de un centenar de robustas y saludables convicciones— la ruidosa, amable, aguda, sencilla, escéptica y crédula mujer tomó bajo su protección a una damisela de cuya obstinación no podía hablar sin sonrojarse de cólera. El estado en el que se encontraba Georgina fue el sencillo hecho que la conmovió; la mayor fuerza de esta joven dama era la gravedad de su aprieto. Tal vez fuese malvada y tuviera una forma espléndida, despreocupada, insolente y descarada de admitirlo que en determinados momentos —de manera incoherente, contradictoria e irresistible— transmutaba su cínica confesión en lágrimas de debilidad, pero Mrs. Portico conocía a Georgina desde su más tierna infancia, y cuando esta declaró su deseo de no regresar a casa y de permanecer allí y no con su madre, además de afirmar que no podía exponerse —en absoluto— y que se quedaría sólo con ella hasta el día en que embarcaran, la pobre dama se vio forzada a admitir los hechos. Estaba dominada, engatusada, y hasta cierto punto, fascinada. Tenía que aceptar la rigidez de Georgina (ella misma carecía de una cualidad que la contrarrestara —era sólo violenta, no obstinada), y, una vez hizo esto, quedó claro, después de todo, que llevar a su joven amiga a

Europa era ayudarla, y que dejarla sola era no hacerlo. Georgina atemorizó literalmente a Mrs. Portico para conseguir su conformidad; era evidentemente capaz de extrañas acciones si se la dejaba libre. De este modo, de un día para otro, Mrs. Portico anunció que finalmente estaba a punto de embarcar hacia tierras extranjeras (su médico le había dicho que si se descuidaba envejecería demasiado para disfrutarlas), y que había invitado a la saludable Miss Gressie, que ya era toda una mujer, a que la acompañara. Esta noticia fue causa de júbilo en la casa de los Gressie, pues aunque el peligro hubiera pasado, el que Georgina se fuera con ella representaba un gran privilegio y los Gressie siempre se mostraban eufóricos ante la perspectiva de un beneficio. Existía el riesgo de que Georgina se encontrase con Mr. Benyon al otro lado del mundo, pero no parecía probable que Mrs. Portico se prestase a una confabulación de este tipo. Si se le hubiese ocurrido favorecer su historia de amor lo habría hecho abiertamente, y Georgina estaría casada a estas alturas. Sus preparativos se hicieron tan rápidamente como lenta había sido su decisión, o más bien como había parecido que lo fuera; pues esto concernía a aquellos volubles jóvenes del centro de la ciudad. Georgina visitaba continuamente la casa de Mrs. Portico, y en la calle Doce daban por hecho que hablaba de sus futuros viajes con su gentil amiga. Conversaban, desde luego, hasta un cierto punto; pero, tras acordar que partirían, el motivo del viaje no volvió a mencionarse. Es decir, no volvió a surgir hasta la noche anterior a su partida; entonces, intercambiaron unas cuantas palabras entre ellas. Georgina se había despedido ya de su familia en la calle Doce e iba a dormir en casa de Mrs. Portico para poder llegar temprano al barco. Las dos damas se sentaban juntas en silencio frente a la chimenea, con la tranquilidad de tener el equipaje empaquetado, cuando la mayor de ellas hizo notar de repente a su compañera que esta parecía estar cargando con una gran responsabilidad al asumir que Raymond Benyon no forzaría su mano. Por muchas promesas que hubiera, él podía elegir reconocer a su hijo si ella no lo hacía, y la gente pensaría que, estando las circunstancias tan alteradas, les habían perdonado. Tendría que vérselas con Mr. Benyon más de lo que ella pensaba.

—Sé lo que voy a hacer —respondió Georgina—. Sólo hay una promesa para él. No sé lo que quiere decir con que las circunstancias estén alteradas.

—Todo me parece estar alterado —murmuró la pobre Mrs. Portico, de forma trágica.

—¡Benyon no lo está, ni lo estará nunca! Estoy segura de él, tan segura como que estoy sentada aquí. ¿Piensa que le habría mirado si no hubiera sabido que era un hombre de palabra?

—Le elegiste bien, querida —dijo Mrs. Portico, quien a estas alturas se limitaba a una especie de perpleja aquiescencia.

—Claro que le elegí bien. En un asunto como este, él se comportará espléndidamente. —Y añadió repentinamente—: Espléndidamente, esa es la razón por la que me fijé en él —repitió, con un destello de incongruente pasión.

Mrs. Portico consideró que esto era tan atrevido que parecía casi sublime; no obstante, había renunciado a entender cualquier cosa que la muchacha dijera o hiciera. Comprendió cada vez menos después de que hubieran desembarcado en Inglaterra y comenzaron el viaje hacia el sur; y no entendió nada en absoluto cuando a mitad del invierno tuvo lugar el suceso con el que había tratado de familiarizarse en su imaginación, pero que cuando ocurrió le pareció extraño y atroz más allá de cualquier medida. Tuvo lugar en Génova, pues Georgina había decidido que había más privacidad en una gran ciudad que en una pequeña, y la joven escribió a América que tanto ella como Mrs. Portico se habían enamorado del lugar y que pasarían dos o tres meses allí. En aquellos tiempos la gente en Estados Unidos sabía mucho menos que hoy sobre las relativas atracciones de las ciudades extranjeras, y no se consideraba sorprendente que los ausentes neoyorquinos deseasen permanecer en un puerto donde pudieran encontrar apartamentos, de acuerdo con el informe de la joven, en un palacio pintado con frescos de Van Dyke y de Tiziano. Georgina no omitía en sus cartas, como se verá, ningún detalle que pudiera dar color a la larga estancia de Mrs. Portico en Génova. En un palacio como ese —donde los viajeros alquilaban veinte habitaciones doradas por la suma más insignificante — vino al mundo un niño extraordinariamente hermoso. Nada podía haber sido más exitoso y natural que este acontecimiento —Mrs. Portico estaba casi horrorizada ante la facilidad y la felicidad de todo ello. Por entonces, se encontraba bastante mal, y, lo que nunca le había ocurrido antes en la vida, sufría de depresión crónica del espíritu. Odiaba tener que mentir, y entonces mentía continuamente. Todo lo que escribía a casa, todo lo que se había dicho o hecho en conexión con su estancia en Génova, era una mentira, como también lo era la forma en la que permanecían en sus apartamentos para evitar el encontrarse con compatriotas por casualidad. Por aquel entonces apenas había americanos en Génova; pero nada podía exceder la competencia profesional de las precauciones de Georgina. Su nervio, su serenidad, y su aparente carencia de sentimiento provocaban en Mrs. Portico una especie de sombrío suspense. Una ansiedad morbosa de ver hasta dónde llegaría su compañera embargó a la excelente mujer que, unos cuantos meses antes, odiaba fijar su pensamiento en asuntos desagradables. Georgina, en efecto, llegó muy lejos e hizo todo lo que estuvo en su poder para encubrir el origen de su hijo. El registro de su nacimiento se hizo bajo un nombre falso, y fue bautizado en la iglesia más cercana por un sacerdote católico. Gracias al médico dieron con una magnífica campesina de un pueblo en las colinas —una criatura grande, morena y salvaje, quien, para ser justos, rebosaba de hermosas y familiares sonrisas y ruda ternura—, que se constituyó en niñera del hijo de Raymond Benyon. Aquella mujer cuidó del recién nacido durante una quincena de días bajo la supervisión de la madre, y entonces fue enviada de nuevo a su pueblo con el bebé en sus brazos y varias monedas de oro anudadas en una esquina de su pañuelo. Mr. Gressie había entregado a su hija una carta de libre crédito para un banquero londinense, y Georgina fue capaz, por el momento, de destinar una abundante provisión para el pequeño. A Mrs. Portico le llamó la atención el hecho de que la joven no gastara nada de su dinero en fruslerías —lo guardaba todo para el chiquillo que dependía de ella en las colinas de Génova— y contemplaba todas estas extrañas acciones con una estupefacción que ocasionalmente estallaba en una protesta apasionada; entonces, recaía en la perturbadora sensación de que si había sido cómplice hasta el momento, tenía que serlo hasta el final.

VII

Las dos damas viajaron hasta Roma —Georgina maravillosamente esbelta— para terminar la temporada, y aquí Mrs. Portico se convenció de que intentaba abandonar a su vástago. La joven no había ido al campo para ver al recién nacido antes de marcharse de Génova; había dicho que no podía soportar verle en un lugar como aquel y entre esa gente. Mrs. Portico, debe añadirse, comprendía la razón de esta excusa; ella misma había renunciado a un plan propio tras haber dedicado un día por su cuenta a visitar a la enorme campesina y ser calurosamente recibida durante unas horas. Le parecía que si tenía que ver al niño en las sórdidas manos a las que Georgina lo había consignado le seguiría todavía más el juego de lo que ya lo hacía. La dureza radiante de esta joven mujer, después de que llegaran a Roma, actuaba sobre ella como una especie de máscara de Medusa. Había presenciado algo horrible, y al verse mezclada en ello, su corazón maternal había recibido un escalofrío mortal. Tenía más claro cada día que, aunque Georgina continuara enviando dinero al niño en cantidades considerables, se había desprendido de él para siempre. Junto con este pensamiento, una idea fija se asentó en su mente: el proyecto de coger al niño ella misma, adoptarlo y arreglar ese asunto con el padre. El apoyo que había ofrecido a Georgina hasta ese momento era la garantía real de que no la delataría; pero podía adoptar a la pequeña criatura sin traicionarla y decir que era un bebé adorable —afortunadamente, lo era— a quien había recogido en una mísera aldea italiana devastada por los bandoleros. Podía fingir —era capaz de hacerlo; oh, sí, por supuesto, ¡podía fingir! Todo era una impostura ahora y sería capaz de seguir mintiendo como había hecho desde el principio. La falsedad del asunto la ponía enferma y la hacía empalidecer hasta tal punto que apenas se reconocía en el espejo. A pesar de esto, rescatar al niño, incluso si para ello tenía que ser todavía más falsa, sería de algún modo una expiación por la traición a la que ya se había rendido. Empezó a odiar a Georgina por haberla arrastrado a tal abismo y si no hubiera sido por dos consideraciones, habría insistido en que se separaran. Una era la deferencia que debía a Mr. y Mrs. Gressie, que habían depositado tanta confianza en ella; la otra era que tenía que vigilar a la madre hasta que ella se hiciera con el niño. Mientras tanto, en esta forzada comunión, el odio por su compañera aumentó; Georgina se le antojaba como una criatura de barro y hierro. Le tenía un miedo atroz, y se sorprendía entonces de que alguna vez hubiera confiado en ella lo suficiente como para llegar tan lejos. La joven no mostraba consciencia alguna del cambio en Mrs. Portico aunque de hecho, en aquel momento, no existía ni una fingida confianza entre las dos. Miss Gressie —esa era otra mentira ante la que Mrs. Portico tenía que ceder— se concentraba en disfrutar de Europa y estaba especialmente encantada en Roma. Ciertamente, tenía el coraje para llevar a cabo su empresa. Confesó a Mrs. Portico que no había informado a Raymond Benyon de lo que había ocurrido en Génova y que tenía la intención de seguir ocultándoselo. Debe decirse que en esto sí que hubo una cierta confianza. Él se encontraba entonces por los mares de China, y probablemente no le viera durante años. Mrs. Portico consultó consigo misma y el resultado de su cavilación fue que escribió a Mr. Benyon contándole que había tenido un pequeño niño encantador al que Georgina había puesto al cuidado de unos campesinos italianos; pero que, si él era tan amable y se lo permitía, ella, Mrs. Portico, podía educarlo muchísimo mejor. Desconocía a dónde dirigir la carta, y aunque Georgina lo supiera, lo cual era dudoso, nunca se lo diría, así que envió la misiva a la atención del Secretario de la Marina, en Washington, con la ferviente petición de que fuera inmediatamente reenviada. Éste fue el último esfuerzo de Mrs. Portico en este extraño asunto relativo a Georgina. Relato un complicado hecho en unas pocas palabras cuando digo que las preocupaciones, indignaciones y arrepentimientos de esta pobre mujer hicieron presa de ella hasta que la destrozaron por completo. Varias personas a quienes conocía en Roma la avisaron de que el aire de las Siete Colinas no la beneficiaba en absoluto, y había decidido regresar a su tierra natal cuando descubrió que, en su deprimente condición, la fiebre de la malaria había hecho presa en ella. No era capaz moverse, y el asunto se resolvió en el transcurso de una enfermedad que, felizmente, no fue prolongada. He dicho que no era obstinada, y la resistencia que opuso en la presente ocasión no fue digna ni siquiera de su espasmódica energía. La fiebre cerebral hizo su aparición y la dama murió al cabo de tres semanas, durante las cuales las atenciones de Georgina hacia su paciente y protectora fueron absolutas. Había otros americanos en Roma que, tras este triste suceso, ofrecieron a la afligida joven todo tipo de consuelo y hospitalidad; no le faltaron oportunidades de regresar a Nueva York con una compañía adecuada. Se puede estar seguro de que eligió la mejor, y la muchacha regresó a la casa de su padre, donde decidió vestir con sencillez, pues enviaba todo su dinero, con el mayor de los secretos, al niñito de las colinas de Génova.

VIII

—¿Por qué motivo vendría si no le gustas? No está obligado a hacerlo y tiene que cuidar de su barco. ¿Por qué si no se muestra tan amable y se queda siempre durante una hora?

—¿Piensas que es muy agradable? —preguntó Kate Theory, apartando su mirada de la de su hermana. Era importante que Mildred no viera qué poca expresión de aquel semblante encantador se correspondía con la pregunta.

Esta precaución, sin embargo, fue inútil pues Mildred, desde el sillón delicadamente cubierto sobre el que descansaba frente a la ventana abierta, respondió rápidamente:

—Kate Theory, no seas afectada.

—Quizás es por ti por quien viene. No veo por qué no debería; eres mucho más atractiva que yo, y tienes mucho más que decir. ¿Cómo no va a ver que tú eres la más inteligente? Puedes hablar con él de todo: de las fechas de las diferentes erupciones y de las estatuas y bronces en el museo, que nunca has visto, poverina, pero de las que sabes más que él, y más que nadie. ¿Sobre qué comenzasteis a hablar la última vez? Ah sí, te despachaste a gusto sobre la Magna Grecia. Y entonces… y entonces…

Pero aquí Kate Theory se detuvo; sintió que no serviría de nada decir las palabras que habían acudido a sus labios. Había estado a punto de decir que su hermana era tan hermosa como una santa y tan delicada y refinada como un ángel, o algo por el estilo. Pero la belleza y delicadeza de Mildred reflejaban el contrapunto de una enfermedad mortal, y alabarla por su refinamiento era justamente recordarle que tenía la delicadeza de una tísica. De este modo, tras haberse contenido, la muchacha más joven —lo era sólo en un año o dos— besó sencillamente a la otra con ternura y ajustó el nudo del pañuelo de encaje que esta llevaba sobre la cabeza. Mildred sabía qué era lo que su hermana había estado a punto de decir, y conocía el motivo por el que se había detenido. Mildred lo sabía todo sin tan siquiera abandonar nunca su habitación, o sin abandonar al menos su pequeño salón en la pensión, que tanto había embellecido yaciendo simplemente allí, cerca de la ventana que miraba hacia la bahía y el Vesubio, e indicando a Kate cómo disponer los muebles y reordenarlo todo. Dado que comenzaba a ser evidente que Mildred debía pasar los pocos años de vida que le quedaban en climas cálidos, las dos hermanas frecuentaban las desangeladas pensiones del sur de Europa. Su pequeño salón era sin duda alguna muy poco agraciado, y Mildred no fue feliz hasta que lo remodelaron. Su hermana se puso manos a la obra automáticamente el primer día cambiando de lugar todas las mesas, solas y sillas hasta que hubo probado cada combinación y la inválida consideró por fin que se producía un pequeño efecto.

Kate Theory tenía un gusto propio y sus ideas no coincidían siempre con las de su hermana. Aun así, hacía todo lo que agradara a Mildred, y si la pobre muchacha le hubiera dicho que pusiera la alfombrilla de la puerta sobre la mesa o el reloj bajo el sofá, habría obedecido sin rechistar. Había doblado y guardado sus propias ideas y gustos personales en cajones y baúles, con alcanfor y lavanda, como si fueran prendas de otras temporadas, pues no resultaban adecuados, por lo general, para un clima meridional por indispensables que fueran en el clima de Nueva Inglaterra, donde la pobre Mildred había perdido su salud. Desde este suceso, Kate Theory había vivido para su compañera, y pensar que le era atractiva al capitán Benyon resultaba casi un inconveniente para ella. Era como si hubiese cerrado su hogar y no se encontrara en situación de recibir a las visitas. Mientras Mildred viviera, su propia vida estaría en suspenso; si había más tiempo después tal vez la retomara, pero por el momento, en respuesta a cualquier llamada a su puerta sólo podía decir que no estaba en casa desde una de sus polvorientas ventanas. ¿Era realmente en estos términos en los que tendría que desestimar al capitán Benyon? Si Mildred decía que era por ella por quien venía quizás debiera asumir tal deber; pues, como hemos visto, Mildred lo sabía todo y por tanto, debía de tener razón. Ella entendía sobre las estatuas del museo, sobre las excavaciones de Pompeya y el viejo esplendor de la Magna Grecia. Encima de la mesa, al lado del sofá, guardaba siempre algún instructivo volumen y contaba con energía suficiente como para sujetar el libro durante media hora cada vez. Ésa era aproximadamente la fuerza de la que disponía ahora. El invierno napolitano había sido especialmente suave, pero tras el primer o segundo mes la joven se había visto obligada a abandonar sus pequeños paseos por el jardín, que permanecía bajo su ventana como un único y enorme ramo, de tan exuberantes que resultaban las flores aquel año en pleno mes de mayo. Ninguna de ellas, sin embargo, tenía un color tan intenso como el espléndido azul de la bahía, que completaba el resto de la vista, y que habría parecido pintado si no se hubiera podido percibir el pequeño movimiento de las olas, que Mildred Theory contemplaba con frecuencia. La muchacha observaba asimismo la cima jadeante del volcán al otro lado de Nápoles y la gran visión marina de Capri en el horizonte, que cambiaba de color mientras sus ojos reposaban en ella, al tiempo que se preguntaba qué sería de su hermana una vez ella hubiera muerto. La situación de la pobre Kate sería mucho más grave ahora que Percival estaba casado y que había alguien que cuidaría de él —era su único hermano, y uno de aquellos días viajaría a Nápoles para presentarles a su esposa, todavía una completa extraña a la que conocían únicamente por las pocas cartas que les había escrito durante su luna de miel. Mildred creía que sólo después de conocer a su cuñada sería capaz de juzgar mejor hasta qué punto podía esperar Kate el encontrar un hogar con la pareja; pero incluso si Agnes resultase más satisfactoria que sus cartas, el vivir a modo de mero apéndice de gente más feliz resultaba una desgraciada perspectiva para su hermana. Las tías solteras son maravillosas, pero ser una tía soltera era sólo un último recurso, y los primeros recursos de Kate no se habían intentado siquiera.

Mientras tanto, esta última joven dama se preguntaba también en qué libro había leído Mildred que el capitán Benyon estaba enamorado de ella. Kate creía admirarle, pero él no parecía ser un hombre que se enamorase fácilmente. La muchacha podía percibir que Benyon estaba en guardia y que no iba a abrirse a ella. El joven pensaba demasiado en sí mismo, o en cualquier caso, andaba con mucho cuidado, al estilo de un hombre a quien le ha ocurrido algo que le ha enseñado una lección. Probablemente, lo que sucedía era que su corazón estaba enterrado en alguna otra parte, en la tumba de una mujer: Benyon habría amado a alguna bella muchacha —Kate, que se consideraba a sí misma flaca y sombría estaba segura de que había sido una mujer mucho más hermosa que ella— y al morir esta, su capacidad de amar se había ido con ella. Él amaba su recuerdo, y eso era lo único que le importaba entonces.

El capitán era un hombre tranquilo, amable e inteligente. Tenía sentido del humor y era muy generoso en su forma de ser; pero si cualquiera excepto Mildred le hubiera dicho a Kate que la razón por la que este acudía tres veces a la semana a Posillipo no era otra que la de pasar el tiempo (les había informado de que no conocía a ninguna otra dama en Nápoles), habría imaginado que ese era el tipo de comentario —normalmente tan estúpido— que la gente siempre consideraba necesario pronunciar. Visitarlas le era muy fácil; disponía del bote de su barco y carecía de obligaciones. Y, ¿qué podía resultar más delicioso que ser llevado a remo por la bahía bajo un brillante toldo por cuatro bronceados marineros con la palabra Louisiana bordada en letras azules sobre sus inmaculadas camisas blancas y en letras doradas en las ondeantes cintas de sus sombreros? La barca llegaba hasta los escalones del jardín de la pensión, donde colgaban las ramas de los naranjos, reflejando en el agua difusas pelotas amarillas. Kate Theory sabía de todo esto, pues el capitán Benyon la había persuadido para hacer un pequeño paseo en su bote, y de haber habido otra dama que les acompañara, podía haberla llevado hasta el barco y enseñárselo. Aquel parecía hermoso en la corta distancia, con la bandera americana ondeando ligera en el aire italiano. Cuando llegara Agnes tendrían otra dama; entonces Percival haría compañía a Mildred mientras ellas hacían la excursión. Esta última se había quedado sola el día en que Kate se aproximó a la barca; la muchacha había insistido en el asunto, y fue ella en verdad quien convenció a su hermana, aunque esta última también era consciente de que el capitán Benyon había expresado ampliamente, a su manera tranquila y reposada —solía permanecer expectante mucho después de que uno pensara que se había olvidado de ello— el placer que esta visita sería para él. Era evidente que cualquier cosa complacería a un hombre que estaba tan aburrido. El capitán Benyon mantenía el Louisiana en Nápoles semana tras semana sólo porque eran las órdenes del comodoro. No tenía ninguna misión allí y disponía de todo su tiempo, pero debía obedecer a su superior —que había ido a Constantinopla con los otros dos barcos—, por muy misteriosos que fueran sus motivos; era indiferente que se tratara de un viejo y gruñón comodoro, excelente, pero arbitrario. Sólo un tiempo después se le ocurrió a Kate Theory que, para ser un hombre reservado y correcto, el capitán Benyon le había dado una prueba considerable de confianza al hablarle en esos términos de su oficial superior. Si parecía de algún modo acalorado cuando llegaba a la pensión, ella le ofrecía un vaso de naranjada fría. Mildred pensaba que esta era una bebida poco apetecible —decía que era turbia; pero a Kate le agradaba sobremanera y el capitán Benyon siempre la aceptaba.

IX

El día del que hablo, para cambiar de asunto, Kate llamó la atención de su hermana acerca de la extraordinaria nitidez de la zigzagueante sombra de una nube sobre la coloreada ladera del Vesubio. A esto, Mildred respondió tan sólo que deseaba que su hermana se casara con el capitán. La constante meditación era lo que llevaba a Miss Theory a hablar de Benyon de esta manera desenfadada; y mostraba cómo pensaba en él continuamente, pues, en general, nadie era más ceremonioso que ella y su falta de salud no le había hecho abandonar ninguna formalidad que fuera posible conservar. Incluso en la manera en que yacía sobre el sofá había una especie de fina rectitud; y siempre recibía al médico como si este la visitara por primera vez.

—Será mejor que espere hasta que me pregunte —dijo Kate Theory—. Querida Milly, si hiciera algunas de las cosas que deseas que haga, te daría una gran sorpresa.

—Ojalá se casara contigo, entonces. Sabes que si debo verlo queda poco tiempo.

—Jamás lo verás, Mildred. No veo por qué deberías dar por hecho que le aceptaría.

—Nunca conocerás a un hombre que tenga tan pocas cualidades negativas. Probablemente no tiene mucho dinero. No sé cuál es el sueldo de un capitán de la Marina…

—Es un alivio averiguar que hay algo que no sabes —interrumpió Kate Theory.

—Pero cuando me haya ido —continuó su hermana tranquilamente—, cuando me haya ido habrá más que de sobra para los dos.

Al oír esto, la muchacha más joven permaneció en silencio por un momento; entonces exclamó:

—Mildred, puede que no tengas salud, ¡pero no sé por qué tienes que ser tan horrible!

—Sabes que desde que llevamos esta vida no hemos visto a nadie que nos guste más —dijo Milly. Cuando hablaba de la vida que llevaban —en la alusión había siempre una ligera resignación al lamento y al desprecio—, se refería a los inviernos meridionales, los climas extranjeros, los experimentos inútiles, las esperas solitarias, las horas y el tiempo perdido, las lluvias interminables, la mala comida, los médicos inútiles y farsantes, las pensiones húmedas, los encuentros casuales y las intermitentes amistades con compatriotas.

—¿Por qué no hablas por ti sola? Me complace que te guste, Mildred.

—Si a ti no te gusta, ¿por qué le ofreces naranjada?

Al oír esta pregunta, Kate comenzó a reír, y su hermana continuó:

—Naturalmente te complace que me guste, querida. Si no me gustara y a ti sí, no sería satisfactorio en absoluto. No puedo imaginarme nada más triste; no moriría con ningún consuelo.

Kate Theory normalmente cerraba este tipo de alusiones con un beso —siempre llegaba demasiado tarde—; pero en esta ocasión añadió que hacía mucho desde que Mildred la hubiera atormentado tanto como aquel día.

—Harás que le odie —añadió.

—Bueno, eso prueba que no le odias todavía —replicó Milly; y apenas en ese momento del dorado atardecer vieron cómo la barca del capitán Benyon se aproximaba a las escaleras, al pie del jardín. El joven las visitó aquella tarde, regresó dos días después y volvió de nuevo tras un intervalo igualmente breve antes de que Percival Theory llegara con su esposa desde Roma. En esos pocos días parecía ansioso por estrechar lazos, como él habría dicho, con las dos agradabilísimas muchachas —o agradables mujeres, apenas sabía cómo llamarlas— a quienes había descubierto en el encantador barrio de Posillipo en el transcurso de una larga, ociosa y bastante tediosa estancia en Nápoles. Fue el cónsul americano quien le había puesto en contacto con ellas. Las hermanas tenían que firmar en su presencia algunos documentos legales que les había enviado el encargado que cuidaba de su pequeña propiedad en América, y el atento funcionario, aprovechándose del pretexto (el capitán Benyon coincidió en el consulado en el momento en que este empezaba, amablemente, a atender a las damas) de acercar a «dos partes» que, como él dijo, deberían apreciarse mutuamente, propuso a su colega, al servicio como él de los Estados Unidos, que le acompañase como testigo de la pequeña ceremonia. Naturalmente, el cónsul podía haber elegido a su secretario, pero optó por el capitán, que se encargaría del asunto mucho mejor, y a quien hizo ver que las hermanas Theory (nombre curioso, ¿no es cierto?) sufrían, estaba seguro, de una falta de vida social. También le hizo saber que una de ellas estaba muy enferma, que eran realmente encantadoras y extraordinariamente refinadas, y que la vista de un compatriota literalmente envuelto, como si dijéramos, en la bandera nacional, las alegraría más que cualquier cosa, además de darles una sensación de protección. Ellas habían hablado al cónsul sobre el barco de Benyon, al que podían ver, de lejos desde sus ventanas, en su fondeadero. Las jóvenes eran en aquel momento las únicas damas americanas en Nápoles —las únicas residentes, al menos— y por parte del capitán hubiera sido descortés no acudir a rendirles sus respetos. Benyon sintió de nuevo qué poco le agradaba visitar a mujeres desconocidas; no estaba acostumbrado a ir a la caza de amistades femeninas o a buscar el tipo de emociones que sólo el sexo puede inspirar. Tenía sus motivos para esta abstención, que raras veces incumplía; pero el cónsul se dirigió a él con sólidos argumentos y se dejó convencer. Benyon estuvo lejos de arrepentirse, al menos durante las primeras semanas, de un acto que era claramente contradictorio con su gran regla —la de no exponerse nunca al peligro de llegar a estrechar lazos con una mujer soltera. Se había visto forzado a establecer esta norma, y la había cumplido con un cierto éxito. Apreciaba a las mujeres, pero estaba obligado a limitarse a sentimientos superficiales. No tenía sentido caer en situaciones de las que la única salida posible era una retirada. El paso que había dado respecto a la pobre Miss Theory y su encantadora hermana pequeña era una excepción de la que al principio sólo podía felicitarse a sí mismo. Había sido una feliz idea del amable y viejo cónsul, que hizo que el capitán Benyon le perdonase su sombrero, sus botas y su pechera —un atuendo que podía considerarse representativo, y cuyo efecto era conseguir que el observador contemplara extasiado a un lazzarone medio desnudo. La amistad mutua ayudó a ambas partes a sobrellevar el paso del tiempo, y las horas que Benyon pasaba en la pequeña pensión en Posillipo dejaron tras de sí un sabor dulce y en modo alguno insulso.

Conforme se sucedían las semanas, su excepción parecía más bien una regla. Benyon, no obstante, era capaz de recordarse a sí mismo que el sendero de la retirada estaba siempre abierto ante él. Además, si se enamorara de la muchacha más joven no se produciría un gran daño, pues Kate Theory amaba profundamente a su hermana e importaría muy poco si él avanzaba o retrocedía. La joven era muy atractiva, o más bien, poseía una gran atracción. Menuda, pálida, atenta sin rigidez, rebosante de hermosas curvas y rápidos movimientos, parecía como si el hábito de observar y servir hubiera tomado completa posesión de ella, convirtiéndola literalmente en una pequeña hermana de la caridad. Su espeso pelo negro se recogía tras sus orejas como para ayudarla a escuchar, y sus ojos de color castaño claro mostraban la alegría de una persona demasiado llena de tacto como para acercar un rostro triste a la cama de un enfermo. Hablaba con una voz alentadora, y tenía costumbres tranquilizadoras y altruistas. Era muy hermosa y producía un alegre efecto de contraste entre el blanco y el negro, vistiendo con delicadeza para que Mildred pudiera tener algo agradable a lo que mirar. Benyon percibió muy pronto que en ella había un caudal de buena disposición del que su hermana disponía en su totalidad en aquel momento; pero la pobre Miss Theory se estaba marchitando rápidamente, y entonces, ¿qué sería de esta preciosa y pequeña fuerza? La respuesta a semejante pregunta, que parecía de lo más oportuno, era que no se trataba de algo de su incumbencia. Él no se encontraba enfermo —al menos no físicamente— y no estaba buscando una enfermera. Tal compañía podía ser un lujo, pero no era, por el momento, una necesidad. Al principio, la acogida de las dos damas había sido sencilla, y él no podía calificarla de otra manera sino de dulce; una simpatía brillante, amable y jocosa marcaba el tono de su relación. A ellas les agradaba de forma evidente que él las visitara y disfrutaban viendo cómo su gran barco transatlántico se cernía en aquellas resplandecientes costas del exilio. El hecho de que Miss Mildred yaciera siempre sobre el sofá —en sus sucesivas visitas a aguas extranjeras Benyon no se había olvidado (¿y por qué debería hacerlo?) de la agradable costumbre americana de llamar a una dama por su nombre de pila— hacía que su intimidad pareciera mayor y sus diferencias menores; era como si sus anfitrionas le hubieran tomado confianza y él formara parte, como habría dicho el cónsul, del mismo grupo. Viajando por los mares del mundo, con unos pocos metros cuadrados en una fragata bamboleante como único hogar, el bello salón adornado de llores de las apacibles hermanas americanas se convirtió, más que cualquier otra cosa que hubiera conocido hasta entonces, en su refugio. Benyon había soñado alguna vez con tener un lugar así, pero su sueño se había desvanecido en pálido humo y no había vuelto a albergar ninguna visión de ese tipo. Tenía la sensación de que el final de esta situación se estaba acercando; estaba convencido de que la llegada del extraño hermano, cuya esposa era con seguridad desagradable, marcaría una diferencia. Ésa era la razón, como he dicho, de que las visitara tanto como pudo durante la última semana, después de conocer el día en que llegaría Percival Theory. Se habían alcanzado los límites de la excepción.

Benyon era alguien nuevo para las jóvenes damas de Posillipo, y no había razón para que ellas se dijeran entre sí que este era un hombre muy diferente del joven ingenuo que, diez años antes, paseaba sin rumbo con Georgina Gressie frente a vistas de vallas hechas con tablones y forradas con anuncios de falsas medicinas. Era natural que este hubiera cambiado, y nosotros, que le conocemos, habríamos averiguado que el joven había experimentado una profunda alteración. No había nada ingenuo en él en aquel momento; tenía el aspecto de la experiencia, de haberse curtido y endurecido con los años. Su rostro y su complexión eran los mismos; siempre bien afeitado y esbelto, pasaba invariablemente, al comienzo, por un marino decididamente joven. Pero su expresión era vieja, y su conversación lo era todavía más —la conversación de un hombre que había visto mucho mundo (como de hecho era así) y juzgado muchas cosas por sí mismo. Tenía además un escepticismo humorístico que, pese a cualquier concesión que hiciera superficialmente para no ofender, por ejemplo, a dos mujeres americanas extremadamente agradables que habían conservado la mayor parte de sus ilusiones, le dejaba a uno con la convicción de que en el próximo minuto regresaría rápidamente a su propio punto de vista. Había una curiosa contradicción en él; sorprendía como alguien solemne, y sin embargo no podía decirse que se tomara las cosas en serio. Esto era lo que hacía que Kate Theory estuviera tan segura de que él había perdido el objeto de sus afectos y se dijo a sí misma que esto debía de haber ocurrido bajo circunstancias de extraña tristeza, puesto que aquello era, después de todo, un accidente frecuente y por lo general no se pensaba que constituyese un golpe suficiente para hacer de un hombre un cínico. Puede añadirse que esta reflexión no era en absoluto amarga por parte de la joven dama. El capitán Benyon no era cínico en ningún sentido en que hubiera podido sorprender a una mente inocente; guardaba su cinismo para sí mismo y era un caballero muy inteligente, cortés y atento. Si se encontraba melancólico, se sabía fundamentalmente por sus bromas, que hacía siempre a costa de sí mismo; y si se sentía indiferente, tenía aún más mérito que hiciera un gran esfuerzo para entretener a sus compatriotas.

X

La última vez que Benyon visitó a las hermanas Theory antes de la llegada del esperado hermano, encontró a Mildred sola e incorporada, sorprendentemente, cerca de la ventana. Kate había ido a Nápoles a fin de dar órdenes a la recepción del hotel para que buscasen un alojamiento más espacioso para los viajeros que el que la villa de Posillipo (donde las dos hermanas tenían las mejores habitaciones) podía ofrecerles; y la muchacha enferma había aprovechado la ausencia de su hermana y la excusa que el día era de una deliciosa calidez para acomodarse en un sillón por primera vez en seis meses. Estaba practicando, como decía ella, para el gran viaje en coche hacia el norte, donde iba a pasar el verano en un rincón tranquilo que conocían, cerca del Lago Maggiore. Raymond Benyon le señaló que sin lugar a dudas había comenzado a mejorar e iba a reponerse, y esto le dio a la muchacha la oportunidad de decir varias cosas que tenía en la cabeza. La pobre Mildred Theory, tan enjaulada e inquieta, y aun así tan resignada y paciente como era, albergaba varios pensamientos. Desde su inválido y sufriente cuerpo, su espíritu transparente, ágil y en perfecta salud, siempre ambicionaba más, basta el final de su tensa y pequeña cadena. Así, en el transcurso de la perfecta tarde estival, mientras se sentaba allí, llena de júbilo por el éxito de su esfuerzo en levantarse y por su cómoda oportunidad, hizo partícipe a su simpático invitado de la mayor parte de sus preocupaciones. Le contó, sin demora y fehacientemente, que no iba a reponerse en absoluto, que probablemente no le quedaban más de doce meses de vida, y que le estaría muy agradecida si no la forzaba a malgastar el aliento en contradecirle a ese respecto. No podía hablar mucho, y por tanto deseaba contarle sólo cosas que no oiría de nadie más; por ejemplo, el que era su secreto —de Kate y suyo— en aquel momento: su profundo temor a que la esposa de Percival, que no era de Boston sino de Nueva York, no fuera de su agrado. Naturalmente, esto en sí mismo no significaría nada, pero por lo que habían oído de su entorno —este asunto había sido analizado por sus corresponsales— estaban nerviosas hasta tal punto que el hecho de que Agnes fuera a proporcionar a Percival una fortuna no las tranquilizaba en absoluto. La fortuna era algo natural, o al menos eso era lo que habían oído sobre la familia de Agnes, que el sello del dinero estaba en todos sus pensamientos y acciones. Eran unos nuevos ricos muy derrochadores y saltaba a la vista que tenían muy poco en común con las dos hermanas Theory, a quienes, además, la verdad sea dicha (y esto era un gran secreto), las cartas que su cuñada les había enviado hasta entonces les traían más bien sin cuidado. La joven había estado en un internado francés de Nueva York y, sin embargo (y este era el secreto más grande de todos), ¡les escribió que había hecho una parte del viaje por Francia en una «diligencia»! Naturalmente, verían todo por sus propios ojos al día siguiente; Miss Mildred estaba segura de que sabría de inmediato si Agnes iba a ser de su agrado. La joven nunca podría haberle dicho todo esto a Benyon si su hermana hubiera estado presente, y él debía prometer no decirle nunca lo que ella le había contado. Kate siempre pensaba que debían ocultarlo todo, y que incluso si Agnes resultaba ser una tremenda decepción, jamás debían permitir que nadie lo supiera. Y, sin embargo, iba a ser Kate la que sufriría en los años venideros después de que ella se hubiera ido. Su hermano lo había sido todo para ellas, pero en aquel momento la situación sería diferente. Desde luego no era de esperar que este hubiera permanecido soltero por su causa: Mildred únicamente deseaba que él hubiera esperado hasta que ella muriese y Kate estuviera casada. Uno de estos acontecimientos, en verdad, era mucho menos probable que el otro. Kate podía no casarse nunca por mucho que desease hacerlo; era de una falta de egoísmo casi morbosa, y no pensaba que tuviera derecho a poseer algo propio —ni siquiera un marido.

Miss Mildred habló un buen rato sobre Kate sin pensar ni una vez que podía aburrir al capitán Benyon. Pero de hecho, no lo hizo; el joven no se extrañó en absoluto al plantearse por qué esta pobre dama enferma y preocupada trataba de imponerle el problema de su hermana. La extraña situación en la que se encontraban lo hacía todo natural, y el tono que ella adoptó entonces con él parecía ser simplemente el resultado de hasta dónde habían llegado sus placenteras relaciones durante los tres últimos meses. Benyon tenía además una excelente razón para no aburrirse: el hecho, concretamente, de que después de todo y en lo concerniente a su hermana, le pareciera que Miss Mildred se reservaba más de lo que manifestaba. La joven no le mencionó lo principal —no tenía nada que decir respecto a lo que la encantadora muchacha pensaba de Raymond Benyon. En realidad, el efecto de su entrevista era hacerle renunciar a que lo supiera, y el joven sintió que lo correcto sería volver a su barca, que esperaba al pie de los escalones del jardín, antes de que Kate Theory regresara de Nápoles. Mientras permanecía allí sentado, Benyon se dio cuenta de que estaba demasiado interesado en saber lo que esta joven dama pensaba de él. Ella podía opinar lo que quisiera, pero la situación de él no cambiaría. La mejor opinión del mundo —aun dirigida hacia él desde los tiernos ojos de la muchacha— no le haría ni una pizca más libre o más feliz. Las mujeres de ese tipo —aquellas a quienes uno no podía ver con confianza sin enamorarse, y de las que era inútil hacerlo a menos que se estuviese dispuesto a casarse con ellas—, no eran para él. La luz de la tarde estival y del alma pura de Miss Mildred pareció inundar repentinamente todo el asunto. Benyon advirtió que estaba en peligro, y desde hacía un tiempo había decidido que escapar de este riesgo particular no era sólo necesario, sino también honroso. Abandonó a su anfitriona antes de que su hermana regresara, y tuvo incluso el coraje de decirle que no volvería a menudo a partir de entonces; ¡estarían tan ocupadas con su hermano y su esposa! Mientras recorría la vítrea bahía al ritmo de los remos deseó que, o bien las hermanas abandonaran Nápoles, o que su condenado comodoro le requiriera.

Cuando Kate regresó de su gestión diez minutos más tarde, Milly le informó de la visita del capitán, y añadió que nunca había visto nada tan repentino como la manera en que se había marchado.

—No quería esperarte, querida, y dijo que pensaba que era más que probable que nunca nos volviera a ver. ¡Es como si pensara que tú fueras a morir también!

—¿Han destinado su barco a otro lugar? —preguntó Kate.

—No me dijo eso; dijo que estaríamos muy ocupadas con Percival y Agnes.

—Se ha cansado de nosotras; eso es todo. No hay nada raro en ello; sabía que pasaría.

Mildred no dijo nada por un momento; observaba a su hermana, que arreglaba unas flores cuidadosamente.

—Sí, por supuesto, somos muy aburridas, y él es como todos los demás.

—Pensaba que creías que era maravilloso —dijo Kate—, y que nos tenía mucho cariño.

—Y así es; estoy más segura de eso que nunca. Ésa es la razón de que se fuera tan abruptamente.

Kate miró a su hermana entonces.

—No entiendo.

—Yo tampoco, cara. Pero lo harás, uno de estos días.

—¿Cómo, si nunca va a volver?

—Oh, vendrá… después de un tiempo… cuando me haya ido. Entonces se explicará; eso, al menos, lo tengo claro.

—¡Mi pobre y querida hermana, como si a mí me importase! —exclamó Kate Theory, sonriendo mientras distribuía las flores. Las llevó a la ventana para colocarlas cerca de su hermana y se detuvo allí un momento. Sus ojos habían percibido en la bahía un objeto lejano que no le era desconocido. Mildred notó su mirada pasajera y siguió su dirección.

—Es el bote del capitán que regresa al barco —dijo Milly—. Hay tanto silencio que uno casi puede oír los remos.

Kate Theory se giró con una violencia repentina y extraña, acompañada de un movimiento y de una exclamación que, en el siguiente minuto, cuando fue consciente de lo que había dicho —y, todavía más, de lo que había sentido— golpearon inesperadamente su propio corazón (mientras este encendía su rostro) con la fuerza de una revelación.

—¡Ojalá se hundiera en lo más profundo del mar!

Su hermana se quedó mirándola. Entonces, la tomó por el vestido cuando pasó por su lado, acercándola hacia sí con su débil mano.

—¡Oh, querida mía!

Y atrajo a Kate hacia ella de modo que la muchacha no pudiera sino inclinarse sobre sus rodillas y enterrar el rostro en su regazo. Si aquella ingeniosa inválida no lo sabía todo entonces, al menos sabía mucho.

XI

Mrs. Percival resultó ser muy bella. Es más elegante comenzar primero por esta declaración en lugar de decir que resultó ser muy insulsa. Las dos damas de Posillipo sólo necesitaron un día para concluir que era estúpida, si bien sospechaban que únicamente habían bordeado sus límites incluso después de que hubiera transcurrido una semana. Kate Theory, después de haber pasado media hora en su compañía, dio un ligero y privado suspiro de alivio. Sentía que una situación que había prometido ser comprometedora resultaba entonces bastante clara; era incluso de una simplicidad primitiva. En el futuro, pasaría con su cuñada una semana al año; eso era todo lo que sería moralmente posible. Resultaba una bendición que se pudiera ver exactamente lo que ella era, pues de esa manera la cuestión quedaba zanjada. Habría sido mucho más cansado si Agnes hubiera resultado un poco menos obvia; entonces habría tenido que dudar, considerar y sopesar una cosa contra otra. Mrs. Theory era hermosa y estúpida tan claramente como amarillo y redondo es un limón; y a Kate le era tan difícil imaginar que su cuñada fuera capaz de hacer del futuro algo interesante como que una naranja pudiera constituir una suculenta cena. Mrs. Percival viajaba con la esperanza de encontrarse con sus amistades americanas o de establecer nuevos lazos con los compatriotas que iba conociendo, así como con el propósito de comprar recuerdos para sus parientes. Ampliaba continuamente su repertorio de objetos hechos de caparazones de tortuga, de nácar, de madera de olivo, de marfil, de filigrana, de tartán lacado y de mosaico; y tenía una colección de pañuelos romanos y de cuentas venecianas que examinaba exhaustivamente cada noche antes de irse a la cama. Su conversación versaba principalmente sobre la manera en que pretendía disponer de estas colecciones y cambiaba constantemente entre unos y otros respecto a las personas a quienes iba a ofrecerlos. En Roma, una de las primeras cosas que le dijo a su esposo tras entrar en el Coliseo había sido:

«¡Supongo que le daré el costurero de marfil a Bessie y las perlas romanas a la tía Harriet!». Estaba siempre pendiente del libro de visitas del hotel, y hacía que se lo entregaran junto con una taza de chocolate tan pronto como llegaba. Buscaba en sus páginas el nombre mágico de Nueva York, y elaboraba infinitas conjeturas respecto a quién era la gente —el nombre era en ocasiones sólo una pista parcial— que se había inscrito allí. Lo que más echaba de menos en Europa y de lo que disfrutaba en mayor grado eran los neoyorquinos. Cuando se encontraba con ellos hablaba sobre la gente que se había «mudado» en su ciudad natal y las calles a las que lo habían hecho. «Oh, sí, los Draper se van a la parte alta de la ciudad, a la calle Veinticuatro, y los Vanderdecken van a trasladarse a la calle Veintitrés, justo detrás de ellos. Mi tío, Mr. Henry Platt, está pensando en construir por esa zona». Mrs. Percival Theory era capaz de repetir afirmaciones de este tipo más de treinta veces y de detenerse en ese tema durante horas. Hablaba mucho sobre sí misma, sobre sus tíos y tías, así como sobre su ropa —pasada, presente y por venir. Estos artículos, en especial, llenaban su horizonte; los consideraba con una complacencia que podía haber llevado a uno a suponer que era ella quien había inventado la costumbre de cubrir el cuerpo humano. Su principal interés en Nápoles era la compra de coral, y durante todo el tiempo que estuvo allí la palabra «conjunto» —la utilizaba como si todo el mundo la entendiera— caía con su voz bajita, monótona y común sobre los oídos de sus cuñadas, quienes no tenían conjuntos de nada. Poco le importaban los cuadros y las montañas; en los Alpes y los Apeninos no abundaban los neoyorquinos, y era difícil interesarse en Madonnas que florecían en periodos en los que aparentemente no existía moda alguna, o en todo caso, ningún adorno.

Hablo aquí no sólo de la impresión que Mrs. Theory causó sobre las ansiosas hermanas de su marido, sino del juicio que Raymond Benyon se formó sobre ella (llegó hasta ese punto, aunque no era obvio cuánto le importaba el asunto). Y esto me hace dar un salto (confieso que uno muy pequeño) al hecho de que el joven, después de todo, sí que regresó a Posillipo. Estuvo ausente durante nueve días, y al final de este tiempo Percival Theory le visitó para agradecerle la cortesía que había mostrado hacia sus hermanas. Benyon acudió al hotel de este caballero para devolverle la visita, y allí, en el salón de su hermano, encontró a Miss Kate. La muchacha había establecido una cita desde la villa y en compañía de su hermano y de su cuñada se disponía a visitar el palacio real, que todavía no había tenido oportunidad de inspeccionar. Se propuso (no fue Kate quien lo hizo) y se estableció en aquel momento que el capitán Benyon les acompañara; de este modo, se paseó por suelos de mármol durante media hora intercambiando deliberados tópicos con la mujer que amaba. En efecto, esta verdad se había confirmado durante aquellos nueve días de ausencia; el joven descubrió que no había nada particularmente dulce en su vida una vez que Kate Theory había sido excluida de esta. Se había mantenido alejado para evitar enamorarse de ella; pero este recurso había sido esclarecedor, pues advirtió que, de acuerdo con el dicho popular, estaba cerrando la puerta del establo después de que hubiesen robado el caballo. Mientras caminaba por la cubierta de su barco y observaba Posillipo, su ternura cristalizó; la gruesa y humeante llama de un sentimiento que sabía que le estaba prohibido y ante el que se sentía enojado, danzaba ahora sobre el combustible de sus buenos propósitos. Estos últimos, debe decirse, se resistían y declinaban ser consumidos. Benyon decidió que vería a Kate Theory de nuevo el tiempo suficiente para decirle adiós y añadir una pequeña explicación. Pensó en esta exposición muy cuidadosamente, pero no es de extrañar que el lector no la considere como una feliz inspiración. Un hombre práctico y en control de sus sentimientos se despediría de la muchacha seca y abruptamente, sin aludir a lo que podía haber dicho en caso en que todo hubiera sido diferente; esto sería una demostración de sabiduría y virtud. Pero esta cualidad resultaba terriblemente desagradecida e incluso demasiado austera para una persona que presumía de haberse enseñado estoicismo a sí misma. El menor lujo le tentaba de forma irresistible ya que el más grande — aquel del amor feliz— se le negaba; el lujo de hacer saber a la muchacha que el que no se volvieran a ver no sería en absoluto un accidente. Era muy probable que ella pensara que lo era, lo que sin duda no le haría daño. Pero esto no le daría a Benyon el gusto y la satisfacción platónica de expresarle a la joven tanto su creencia de que podían haberse hecho felices mutuamente, como la necesidad de su renuncia. Seguramente eso tampoco le dolería, pues la muchacha no le había dado ninguna prueba en absoluto de que él significara algo para ella. Lo más cerca que había estado de ello era la manera en la que caminaba a su lado entonces, dulce y silenciosa, sin hacer la más mínima referencia a que él no hubiese regresado a la villa.

El lugar era frío y oscuro, las cortinas estaban corridas para evitar la luz y el ruido, y el pequeño grupo se paseó sin rumbo por los amplios salones donde preciosos mármoles, junto con el brillo del oro y del raso, emitían destellos en la profunda penumbra. El cicerone, en pantuflas y con familiaridad napolitana, iba abriendo contraventanas aquí y allá para mostrar un cuadro o un tapiz y se paseaba con Percival Theory y su esposa, mientras esta última, desfalleciendo en silencio del brazo de su marido conforme paseaban, comprobaba el tejido de las cortinas y los sofás. Cuando el cicerone la descubrió haciendo estos experimentos, unió sus manos y enarcó las cejas con expresivo desprecio; a lo que Mrs. Theory dijo a su esposo, «¡Oh, maldito sea su viejo rey!». Al capitán Benyon no le sorprendía que Percival Theory se hubiera casado con la sobrina de Mr. Henry Platt. Era menos interesante que sus hermanas —un joven tranquilo, frío y correcto, que a menudo cogía un lápiz para hacer pequeños cálculos en el reverso de una carta. En ocasiones, a pesar de su corrección, mascaba un mondadientes y extrañaba los periódicos americanos, que solía pedir en los lugares más inverosímiles. Era un bostoniano convertido en neoyorquino; un tipo muy especial.

—¿Ya han decidido cuándo se marcharán de Nápoles? —preguntó Benyon a Kate Theory.

—Eso creo; el veinticuatro. Mi hermano ha sido muy amable; nos ha prestado su coche, que es uno de los grandes, para que Mildred pueda tumbarse. Él y Agnes cogerán otro; pero naturalmente viajaremos juntos.

—¡Ojalá pudiera ir con ustedes! —dijo el capitán Benyon. Le había dado a la muchacha la oportunidad de responder, pero ella no la aprovechó y se limitó a observar con una ligera risa que evidentemente no podía llevar su barco por los Apeninos.

—Sí, siempre está mi barco —continuó él—. Me temo que en el futuro me llevará lejos de ustedes.

Se encontraban solos en uno de los apartamentos reales; sus acompañantes habían pasado, por delante de ellos, a la habitación contigua. Benyon y su compatriota se habían detenido bajo uno de los inmensos candelabros de cristal, cuyas titilantes lágrimas caían de una ornamentada bóveda en la clara y coloreada penumbra a través de la que se sentía palpitar la potente luz italiana del exterior. Miraron a su alrededor confundidos y avergonzados momentáneamente por el comentario de Benyon, que había tenido un cariz más serio que cualquier otra cosa que se hubieran dicho hasta entonces, y contemplaron los escasos muebles, cubiertos por sábanas blancas, y el suelo de escayola sobre el que el gran conjunto de colgantes de cristal parecía brillar de nuevo.

—Usted es dueño de su barco... ¿no puede navegar cuando guste? —preguntó Kate Theory con una sonrisa.

—No soy dueño de nada. No hay un hombre en el mundo menos libre que yo. Soy un esclavo. Una víctima.

Ella le miró con ojos amables; algo en su voz le hizo abandonar repentinamente toda consideración de los aires defensivos que una muchacha se espera que asuma en ciertas situaciones. Percibía que él deseaba hacerle entender algo, y entonces su único deseo era ayudarle a decirlo.

—Usted no es feliz —murmuró ella sencillamente, mientras su voz se atenuaba en una especie de asombro ante esta realidad.

El suave contacto de sus palabras —era como si la mano de la joven hubiera acariciado su mejilla— le pareció a Benyon lo más dulce que había conocido nunca.

—No, no soy feliz, porque no soy libre. Si lo fuera... si lo fuera, renunciaría a mi barco y a todo para seguirla. No puedo explicarlo; eso es parte de la dificultad de todo ello. Sólo quiero que sepa que si ciertas cosas fueran diferentes, si todo fuera diferente, le diría que creo que tengo derecho a hablar con usted. Quizás esto cambie algún día; pero probablemente entonces sea demasiado tarde. Mientras tanto, no tengo ningún derecho de ningún tipo. No quiero crearle problemas y no le pido… ¡nada! Sólo deseaba haber hablado una vez. Sé que no me hago entender, y me temo que debo parecerle un bruto, quizás incluso un farsante. No piense en ello ahora; no intente comprender. Pero algún día, en el futuro, recuerde lo que le he dicho y cómo estuvimos aquí, de pie y a solas, en este extraño y viejo lugar. Tal vez le dará algo de consuelo.

Kate Theory comenzó escuchándole con un visible interés; pero en un momento dado apartó sus ojos.

—Lo siento mucho por usted —dijo seriamente.

—Entonces, ¿comprende lo suficiente?

—Pensaré en lo que ha dicho… en el futuro.

Los labios de Benyon articularon el principio de una palabra de cariño, que reprimió instantáneamente; y en un tono distinto, con una amarga sonrisa y un triste movimiento de cabeza, levantó sus brazos un momento y dejándolos caer, replicó:

—¡No hará daño a nadie el que usted recuerde esto!

—No sé a quién se refiere.

Y la muchacha emprendió el paso repentinamente hacia el fondo de la habitación. Benyon no intentó decirle a quién se refería, y continuaron juntos en silencio hasta que alcanzaron a sus acompañantes.

XII

Había varios cuadros en la habitación vecina, y Percival Theory y su mujer se habían detenido para mirar uno de ellos, cuyo título y autor anunció el cicerone mientras Benyon se aproximaba. Era un retrato moderno de una princesa de los Borbones, una mujer joven, rubia, hermosa y cubierta de joyas. Mrs. Percival parecía estar más interesada por ella que por cualquier otra cosa que el palacio le hubiera ofrecido a la vista hasta entonces. Mientras, su cuñada se aproximaba a la ventana, que el guarda había abierto, con la intención de mirar al jardín. Benyon se percató de esta acción; era consciente de que había dado a la muchacha algo sobre lo que reflexionar. Las orejas le quemaban ligeramente mientras permanecía cerca de Mrs. Percival y levantaba la mirada, de forma mecánica, hacia el retrato real. Se arrepentía ya ligeramente de lo que había dicho —después de todo, ¿qué sentido tenía? — y esperaba que los otros no se hubieran dado cuenta de que había estado cortejándola.

—¡Caramba, Percival! ¿Ves a quién se parece? —dijo Mrs. Theory a su marido.

—Diría que a una dama con una gran cuenta en Tiffany's —respondió este caballero.

—Se parece a mi cuñada; los ojos, la boca, la manera en la que está peinada… todo.

—¿A cuál te refieres? Tienes casi una docena.

—Pues a Georgina, naturalmente… Georgina Roy. Tiene un parecido extraordinario.

—¿La llamas tu cuñada? —preguntó Percival Theory—. Debes de estar deseando que lo sea.

—Bueno, es lo suficientemente hermosa. Tendrás que inventarte un nuevo nombre para ella. Capitán Benyon, ¿cómo llamaría usted a la segunda esposa de su cuñado? —continuó Mrs. Percival volviéndose hacia su vecino, que permanecía todavía inmóvil contemplando el retrato.

Al principio, Benyon había mirado sin ver. Entonces, la vista y también el oído reaccionaron rápido y se poblaron repentinamente de emocionantes reconocimientos. La princesa de los Borbones —sus ojos, su boca, su peinado —; todos estos rasgos representaban una identidad, y la mirada del rostro pintado parecía clavarse en la suya. Pero ¿quién demonios era Georgina Roy, y qué era esta conversación sobre cuñadas? Benyon ofreció a la pequeña dama que estaba a su lado un semblante inesperadamente desconcertado por el problema que ella le había planteado de forma tan superficial.

—¿La segunda mujer de su cuñado? Eso es bastante complicado.

—Bueno, naturalmente, él no tenía por qué haberse casado de nuevo — dijo Mrs. Percival, con un ligero suspiro.

—¿Con quién se casó? —preguntó Benyon, mirándola fijamente.

Percival Theory se había alejado.

—Oh, si van a hablar de su familia —murmuró, y se unió a su hermana en la luminosa ventana a través de la cual, desde la distancia, se introducía el alboroto de Nápoles.

—Él se casó primero con mi hermana Cora, que murió hace cinco años. Entonces, se casó con ella —y Mrs. Percival asintió con la cabeza hacia la princesa.

Los ojos de Benyon regresaron al retrato; podía ver lo que quería decir —le miraba fijamente a él.

—¿Ella? ¿Georgina?

—¡Georgina Gressie! Caramba, ¿la conoce?

Aquella respuesta de Mrs. Percival fue muy clara, y también lo fue la pregunta que le siguió. Pero Benyon tenía el recurso del cuadro; podía mirarlo y hacer como que se lo tomaba muy en serio, aunque bailase arriba y abajo ante él. Sintió que se sonrojaba; y después, que empalidecía. «¡Descarada insolencia!». Ésa era la forma en la que entonces podía hablarse a sí mismo de la mujer a la que una vez había amado y a quien más tarde odió, hasta que ese sentimiento se hubo asimismo extinguido. Entonces, el asombro se perdió en la percepción, que crecía rápidamente, de que aquello suponía un cambio en su situación… un gran cambio. En qué consistía exactamente, todavía no lo sabía; era sólo algo que crecía y crecía conforme pensaba en ello, y que alcanzaba en su expansión a la muchacha que permanecía de pie tras él, en silencio, mirando hacia el jardín italiano.

Antes de que Benyon respondiera a su última pregunta, el vigilante llevó a Mrs. Percival aparte para enseñarle otra princesa. Esto le dio tiempo para recuperarse de su primer impulso, que había sido responder con una negación; pero comprendió enseguida que una admisión de su amistad con Mrs. Roy (¡Mrs. Roy!… ¡era extraordinario!) le ayudaría inevitablemente a saber más. Por otro lado, esto no tenía por qué ser comprometedor. Muy probablemente, Mrs. Percival conocería algún día que él había querido casarse con ella. Así que, cuando se unió a sus compañeros un minuto más tarde, comentó que había conocido a Miss Gressie hacía años y que incluso la había admirado considerablemente, pero que más tarde la había perdido de vista por completo. Georgina había sido muy bella y era asombroso que no se hubiera casado antes. Hacía cinco años, ¿no era así? No, hacía sólo dos. Benyon estuvo a punto de decir que en tan largo tiempo era extraño que no hubiese oído hablar de ello. Se había ausentado de Nueva York durante años; pero uno siempre sabía de las bodas y los decesos. Esto último servía de prueba, aunque dos años era un retraso considerable. Condujo a Mrs. Percival insidiosamente a una habitación más alejada, adelantándose a los otros, con quienes regresó el cicerone. Mrs. Theory estaba encantada de hablar de sus «relaciones», y proporcionó al capitán todos los detalles. Benyon podía confiar en sí mismo entonces; su autocontrol era total. Si acaso tuvo algún desliz, fue el de una alegría repentina por la que no habría podido responder en aquel momento.

Era natural que a los familiares de Mrs. Percival no les resultara muy halagador que el pobre marido de Cora se hubiera consolado; pero los hombres siempre lo hacían (¡para que dijeran de las viudas!) y él había escogido a una muchacha que era muy hermosa, y el tipo de sucesora de Cora de la que no tenían por qué sentirse avergonzados. Georgina había sido una mujer tremendamente admirada, y nadie entendía por qué había esperado tanto para casarse. Había tenido alguna relación cuando era más joven —un compromiso con un oficial del ejército— pero el tipo la había dejado plantada, o habían discutido, o algo por el estilo. Era casi una solterona —tenía cerca de treinta años—, pero finalmente había hecho algo bien. Estaba más hermosa que nunca y llamaba poderosamente la atención. William Roy tenía uno de los ingresos más altos de la ciudad, y era notablemente afectuoso. Había sentido un gran cariño por Cora —todavía hablaba de ella a menudo, al menos con su familia; y su retrato, la última vez que Mrs. Percival estuvo en su casa (fue en una fiesta, tras su boda con Miss Gressie), se encontraba todavía presente en el salón principal. Tal vez ahora ya lo hubiera trasladado al salón posterior, pero estaba segura de que lo guardaría en algún sitio de todos modos. La pobre Cora no había tenido hijos, pero Georgina ya lo había compensado; era madre de un hermoso niño. Mrs. Percival tuvo lo que ella habría llamado una charla de lo más agradable con el capitán Benyon sobre Mrs. Roy. Tal vez él era el oficial —¡jamás había pensado en eso! ¿Estaba seguro de no haberla dejado plantada y de no haber discutido nunca con una dama? Debía de ser distinto de la mayor parte de los hombres.

Benyon tenía ciertamente el aspecto de serlo antes de despedirse de Kate Theory aquella tarde. Esta joven dama, al menos, era libre de pensar que él carecía de aquella coherencia que se supone es una virtud claramente masculina. Una hora antes, el capitán se había despedido para siempre de ella; pero en aquel momento el joven aludía a futuros encuentros y visitas, proponiendo que, con su cuñada, fijasen un día cercano para ir a ver el Louisiana. Kate había creído entenderle, pero entonces parecía que no lo había hecho en absoluto. Su actitud también había cambiado. Raymond Benyon tenía la irresistible sensación de que, de una manera u otra, el extraordinario comportamiento de su esposa le haría libre y, cada vez menos en guardia, no era consciente de que esto le proporcionaba una expresión mucho más alentadora. Kate Theory se sentía notablemente cansada y desconcertada, sobre todo al saber que en lo sucesivo, los cambios del capitán Benyon serían lo más importante en su vida.

XIII

Aquella noche, el capitán permaneció hasta muy tarde en la cubierta de su barco en la bahía —se quedó allí, de hecho, bajo el cálido cielo meridional en el que las estrellas brillaban con una luz roja y cálida, hasta que comenzó a percibirse el temprano amanecer. Fumaba un habano tras otro y caminaba continuamente arriba y abajo. Le inquietaban un centenar de pensamientos mientras se repetía a sí mismo que aquello hacía las cosas diferentes —inmensamente diferentes. Pero la luz rosada ya se había intensificado en el este antes de que hubiera descubierto en qué consistía el cambio. En ese momento lo vio claramente: Georgina se encontraba entonces en su poder, en lugar de estar él en el suyo. Sentado solo en la oscuridad, se rio al pensar en lo que ella había hecho. En más de una ocasión había pensado que ella pudiera hacer algo así —la creía capaz de cualquier cosa—; pero la acción consumada tenía la frescura de la comicidad. Pensó en el «notablemente afectuoso». William Roy, en sus grandes ingresos, en su radiante hijo y heredero, y en su hallazgo de una digna sucesora a la pobre Mrs. Cora. Se preguntaba si Georgina le habría mencionado que ya tenía marido, pero pensó firmemente que no lo habría hecho. ¿Por qué debería decirlo, después de todo? Había olvidado mencionarlo a muchos otros. Durante años creyó que la conocía y que no había nada que no supiera de ella; pero este fuerte golpe revivió el recuerdo de lo audaz que la joven podía ser. Naturalmente, esto era lo que ella había estado esperando, y si no lo había hecho antes era porque le imaginaba perdido en el mar en una de sus largas travesías, lo que la aliviaba de la necesidad de un crimen. ¡Cómo debía de odiarle ella hoy por no haberse extraviado, por estar vivo y continuar poniéndola en un aprieto! Por mucho que ella le odiase, sin embargo, el odio de Benyon se encontraba al menos a la altura del de la muchacha. Ella se había portado terriblemente mal con él —había arrasado su vida. En los años de su inocente juventud nunca habría creído posible que llegaría a odiar hasta ese grado a una mujer a quien había una vez amado tanto. Pero tampoco habría creído posible entonces que una mujer pudiera ser una criatura con tanta sangre fría. Su amor había muerto con su rabia, cegadora e inútil, al medir su impotencia y conocer que había sido engañado. Cuando años antes supo a través de Mrs. Portico lo que ella había hecho con el bebé, de cuyo nacimiento no le había informado en absoluto, sintió que se encontraba cara a cara con la plena revelación de la naturaleza de la joven. Antes de eso, su personalidad le había desconcertado, le había engañado; las relaciones con ella eran confusas y sorprendentes. Pero cuando, tras obtener con dificultad y retraso un permiso del Gobierno, se dirigió a Italia para buscar al niño y tomarlo bajo su responsabilidad, y se encontró frente a un absoluto fracaso y derrota, entonces el asunto se le presentó de una forma más sencilla. Se dio cuenta de que se había casado con una criatura que simplemente resultaba ser un monstruo, una completa excepción humana. Eso era lo que no podía perdonar —su conducta hacia el niño; ¡nunca, nunca,

nunca! A él podía haberle hecho lo que hubiera querido —abandonarle, condenarle a un frío eterno con las manos atadas— y lo habría aceptado, la habría excusado incluso, admitiendo que era responsabilidad suya el no haber sido más consciente de lo que iba a hacer. Pero ella le había torturado con el pobre hijito irrecuperable a quien nunca había visto, y a través del corazón y de las pulsiones humanas de las que ella carecía y que él debía tener, pobre desgraciado, por ambos.

Todo este esfuerzo, durante años, había sido para olvidar aquellos meses horribles, y él se había desvinculado de ellos para que parecieran pertenecer en ocasiones a la vida de otra persona. Pero aquella noche los revivió nuevamente; volvió a trazar los diferentes grados de oscuridad por los que había pasado desde el momento inmediatamente posterior a su extraordinario casamiento, cuando advirtió que ella ya se arrepentía y tenía intención, si era posible, de eludir todas sus obligaciones. Éste fue el instante en el que entendió por qué ella se había reservado —en el extraño voto que había conseguido extraerle— una puerta abierta para escapar; el momento, por otro lado, en el que dicha inspiración (en medio de su momentánea buena fe, si en algún momento había sido tal) se le reveló como una prueba de su esencial depravación. Lo que había tratado de olvidar regresó a él: el niño que no era el suyo presentado ante él cuando visitó aquel nido escuálido de campesinos de la campiña genovesa; las posteriores confesiones, retracciones, contradicciones, mentiras, terrores, amenazas y estupideces en general, y la desconcertante mendicidad e idiotez de todos los del lugar. El niño había desaparecido; eso había sido lo único claro. La mujer que lo había criado tenía media docena de historias diferentes, su marido ofrecía otras tantas, y todos en el pueblo disponían de un centenar más. Georgina había enviado dinero —había conseguido, al parecer, enviar bastante— y daba la impresión de que todo el pueblo había vivido divirtiéndose a sus expensas. En un momento dado, el bebé habría muerto, teniendo un entierro de lo más lujoso; en otro, había sido confiado (para que respirase un aire más puro, ¡Santissima Madonna!) a la prima de la mujer, en otra aldea. Según una versión que por un día o dos Benyon se inclinó a considerar como la menos falsa, el niño (que era muy hermoso) había sido llevado a Génova por la prima cuando esta viajó por vez primera en su vida a la ciudad para ver a su hija que estaba sirviendo allí, y fue confiado por unas horas a una tercera mujer, que debía cuidar de él mientras la prima paseaba por las calles. Pero esta mujer, que no tenía hijos propios, se encaprichó del niño de tal manera que rehusó devolverlo, y unos cuantos días más tarde abandonó el lugar (era de Pisa) sin que nunca más se supiera de ella. La prima había olvidado su nombre —esto había ocurrido seis meses antes. Benyon pasó un año buscando a su hijo por toda Italia inspeccionando cientos de niños en pañales, candidatos a los que era imposible reconocer. Era evidente que sólo podía alejarse cada vez más del conocimiento real, y su búsqueda se detuvo por la convicción de que le estaba volviendo loco. Apretó los dientes y decidió creer, o lo intentó, que el bebé había muerto en los brazos de su niñera. Ésta era, después de todo, la suposición más probable, y la mujer la había mantenido con la esperanza de ser recompensada por su franqueza, casi tan a menudo como había afirmado que el niño estaba vivo todavía en algún lugar, con la esperanza de ser remunerada por sus buenas noticias. Puede imaginarse qué sentimientos se despertaron en Benyon hacia su esposa tras este episodio. Aquella noche su recuerdo fue todavía más atrás en el pasado —regresó al comienzo y a los días en los que tenía que haberse preguntado a sí mismo, con toda la crudeza de su primera sorpresa, qué maniobras perversas Georgina había deseado hacer con él. La respuesta a esta especulación era tan antigua, y había pensado tanto en ella, que ahora resultaba casi nueva otra vez. Además, esta era tan sólo aproximada, pues como ya he dicho Benyon apenas fue capaz de comprender tal vileza ni al comienzo ni al final. Georgina se había encontrado en una pendiente que su naturaleza la había obligado a descender hasta lo más profundo. Le hizo el honor de que deseara disfrutar de su compañía, y se hizo el honor a sí misma de pensar que su intimidad, por corta que fuera, debía tener una cierta consagración. La joven sintió que estaba segura con él tras su promesa (Benyon habría prometido cualquier cosa para seguirla); segura como había demostrado estar y como debía pensarse a sí misma. Aquella seguridad la había ayudado a preguntarse, una vez pasado el primer arrebato de pasión y después de que su innata y doblemente heredada sofisticación hubiera tenido tiempo de abrir sus ojos de nuevo, por qué ser leal a un hombre cuyas deficiencias (como marido ante el mundo —otro asunto) le habían sido tan científicamente expuestas por sus padres. Así que ella decidió simplemente no cumplir con su palabra, pero conservó al menos su determinación.

Para cuando Benyon decidió acostarse, estaba convencido, como digo, de que Georgina se encontraba entonces en su poder; y esto le pareció tal mejora en su situación que durante los diez días siguientes se otorgó un permiso que hizo a Kate Theory casi tan feliz como a su hermana, aunque esta simuló entenderlo mucho menos. Aquel año, en la Isla de Wight, Mildred se abandonó al descanso o intentó llegar a una comprensión más completa; y el capitán Benyon, que nunca había escrito tantas cartas desde que abandonaran Nápoles, embarcó hacia el oeste casi al mismo tiempo que la dulce superviviente, pues se ordenó al Louisiana que finalmente volviera a casa.

XIV

Por supuesto que te recibiré si vienes, y puedes fijar el día y la hora que desees. Habría estado encantada de verte en cualquier momento durante estos últimos años. ¿Por qué no podemos ser amigos como solíamos? Tal vez todavía podamos serlo. Digo sólo «tal vez», a propósito, porque tu nota es bastante vaga acerca de tu estado de ánimo. No vengas con ninguna idea de ponerme nerviosa o incomodarme. No soy nerviosa por naturaleza, gracias a Dios, y no me incomodaré en absoluto (¿oyes, querido capitán Benyon?). Lo he estado (y me sirvió de lección) durante años; pero ahora soy muy feliz. Permanecer así es la más clara intención de la siempre tuya,

GEORGINA ROY

Ésta fue la respuesta que Benyon recibió a una breve carta que había enviado a Mrs. Roy tras su regreso a América. Dejó que transcurrieran algunas semanas antes de escribirle, pues había estado ocupado con varios asuntos, como cuidar de su barco y presentarse en Washington, además de pasar quince días con su madre en Portsmouth, N.H., y de visitar a Kate Theory en Boston. Esta última estaba también de paso, y se alojaba en casa de varios parientes y amigos. Tenía más color que antes —un color delicadamente rosado— a pesar de ir vestida de negro, y Benyon consideraba que los ojos de la joven ganaban en belleza cuando recaían sobre él. Aunque Mildred ya no estuviera, a Kate no le faltaban obligaciones, y Benyon se percató con facilidad de que la vida iba a presionarla duramente a menos que alguien interviniera. Todo el mundo la consideraba como la persona idónea para llevar a cabo ciertas cosas; se pensaba que ella podía encargarse de todo porque no tenía nada más que hacer. Solía leer a los ciegos y, más onerosamente, a los sordos, y cuidaba de los niños de los demás mientras sus padres asistían a convenciones contra la esclavitud.

Más adelante, la muchacha viajaría a Nueva York para pasar una semana en casa de su hermano, pero aparte de esto no tenía planes. A Benyon le resultaba incómodo el no poder hablarle del asunto justo entonces, algo que tuvo mucho que ver con que se ocupara finalmente de la cuestión, pues se acusaba a sí mismo de haberse demorado. Ocuparse del asunto significaba escribir una nota a Mrs. Roy (como debía llamarla), preguntándole si le recibiría en caso en que fuera a visitarla. La misiva fue breve; además de lo que he apuntado, contenía poco más que el comentario de que tenía algo importante que decirle. Su respuesta, que acabamos de leer, fue inmediata. Benyon fijó una hora, y llamó a la campanilla de la enorme y moderna casa de Georgina, cuyas ventanas relucientes parecían brillar desafiantes ante él.

Mientras permanecía en las escaleras, mirando en una y otra dirección en el recto panorama de la Quinta Avenida, Benyon percibió que temblaba ligeramente; tal vez Georgina no se encontrara nerviosa, pero él sí lo estaba. Sintió vergüenza de su agitación y se recompuso vigorosamente. Después comprendió que lo que le intranquilizaba no era el hecho de albergar alguna duda sobre la bondad de su causa, sino el volver a sentir (conforme se aproximaba) la dureza de su esposa y su capacidad para la insolencia. Podía sencillamente rebelarse ante todo ello, pero la idea le hacía sentir impotente. Georgina le tuvo esperando durante un largo rato después de que hubiese entrado; y mientras se paseaba arriba y abajo por el salón —una inmensa, florida y cara habitación, cubierta de satén azul, dorados, espejos y frescos de mala calidad—, tuvo la certeza de que su retraso estaba calculado. Georgina deseaba hacerle sentir molesto y cansado; era tan poco generosa como deshonesta. Nunca se le ocurrió que, a pesar de las valientes palabras de su nota, ella también pudiera estar temblando, y si cualquiera que supiera de su secreto hubiera sugerido que temía verle, él se habría reído de la idea. Aquello era un mal presagio para el éxito de su gestión, pues el que conservara la superstición de las viejas promesas demostraba que reconocía el terreno de su arrogancia. Para cuando Georgina apareció, Benyon estaba rojo de ira. Ella cerró la puerta tras de sí, y permaneció allí mirándole, con la amplitud de la habitación entre ellos.

La primera emoción que Benyon sintió ante su presencia fue un súbito sentimiento de extrañeza ante el hecho de que, después de todos esos años de soledad, una persona tan esplendorosa resultase ser su esposa. En efecto, con su cabeza erguida, su tez radiante, su espeso cabello castaño rojizo y una cierta plenitud en su mirada, Georgina se mostraba realmente magnífica en la madurez de su belleza. Benyon advirtió rápidamente que ella deseaba parecerle hermosa, y que había intentado por todos los medios vestirse para conseguir el mejor efecto. Tal vez, después de todo, era sólo por esto por lo que se había retrasado; quería aplicarse todos los retoques posibles. Durante unos instantes permanecieron en silencio; no se habían visto cara a cara desde hacía casi diez años, y se encontraban ahora como adversarios. Era imposible que otras dos personas mostraran más interés que ellos por medirse mutuamente. No era propio de Georgina adoptar un aire de timidez, así que después de un instante, convencida aparentemente de que no iba a recibir una invectiva, sonrió avanzando lentamente mientras se frotaba sus enjoyadas manos. Benyon se preguntó por qué sonreía, y qué pensamientos pasaban por su cabeza. Sus impresiones se sucedieron con extraordinaria rapidez de pulso, y entonces comprendió, además de lo que ya había percibido, que ella estaba a la espera de hacer su entrada; no había adoptado ningún papel concreto ni había nada definido en ella, excepto su valentía. El resto dependería de él. El coraje de la joven parecía expresarse en el perfume que acompañaba sus pasos, y daba la impresión de que brillaba en su belleza, que aumentaba conforme la muchacha se acercaba a Benyon, con la mirada fija en él y una inamovible sonrisa. Para entonces él tenía otra sensación, que era la más extraña de todas. Georgina era capaz de cualquier cosa; deseaba sorprenderle con su hermosura y recordarle que, después de todo y en resumidas cuentas, le pertenecía. Estaba dispuesta a sobornarle en el caso de que fuera necesario; si había urdido una intriga antes de tener veinte años, sería mucho más fácil para ella ahora que tenía treinta. Todo esto y más se reflejaba en sus fríos y vivos ojos cuando, en el prolongado silencio, se encontraron con los de Benyon. Pero por razones ajenas a este extraordinario hecho, no debo alargarme en ello. Georgina era una criatura verdaderamente sorprendente.

—¡Raymond! —dijo en un susurro, con una voz que podía representar tanto un vago saludo como una apelación.

Él ignoró la exclamación, pero preguntó por qué le había tenido esperando deliberadamente, como si ya no se hubiese burlado de él lo suficiente. Ella podía suponer que no era por placer por lo que había ido a la casa.

Georgina dudó un momento, todavía sonriendo.

—Debo decirte que tengo un hijo, un niño de lo más encantador. Su niñera estaba ocupada en estos momentos, y tenía que vigilarle. Estoy más dedicada a él de lo que puedas imaginar.

Benyon se separó de ella unos cuantos pasos.

—Me pregunto si estás loca —murmuró.

—¿Por aludir a mi hijo? ¿Por qué me haces esas preguntas entonces? Te digo la simple verdad. A este lo cuido muchísimo. Tengo más años y soy más madura. El otro fue un tremendo error; no tenía derecho a existir.

—¿Por qué no lo mataste entonces con tus propias manos, en lugar de aquella tortura?

—¿Por qué no me suicidé? Esa pregunta sería más adecuada. Tienes un aspecto maravilloso —exclamó, en otro tono—; ¿no sería mejor que nos sentáramos?

—No he venido aquí para disfrutar de la conversación —respondió Benyon. Se disponía a continuar, pero ella le interrumpió.

—Es muy probable que hayas venido para decir algo horrible; aunque esperaba que vieras que era mejor no hacerlo. Pero antes de que empieces, dime sólo una cosa, ¿tienes éxito, eres feliz? Ha sido tan fastidioso no saber más de ti.

Hubo algo en la actitud en la que ella dijo esto que provocó que Benyon estallara en ruidosa carcajada, a la que Georgina añadió:

—Tu risa es igual de lo que solía ser. ¡Cómo me viene a la mente! Has mejorado en tu aspecto —continuó.

Georgina tomó asiento y se reclinó en una silla baja y profunda, observando a Benyon con los brazos cruzados. Éste permanecía de pie cerca de la joven y la miraba por encima, como si dijéramos, dejando caer sus desconcertados ojos sobre ella, mientras su mano descansaba en la esquina de la repisa de la chimenea.

—¿Nunca se te ha ocurrido que yo pudiera considerarme a mí mismo libre de la promesa que te hice antes de casarnos?

—Muy a menudo, por supuesto. Pero inmediatamente desechaba la idea. ¿Cómo puedes declararte «libre»? Uno, promete, o no promete. No le doy importancia a eso, ni tú tampoco —y bajó la mirada hacia la falda de su vestido.

Benyon escuchaba, pero continuó como si no la hubiera oído.

—Lo que he venido a decirte es esto: me gustaría tu consentimiento para iniciar los trámites de divorcio.

—¿Los trámites de divorcio? Nunca había pensado en ello.

—Para que pueda casarme con otra mujer. Puedo obtener fácilmente un divorcio argumentando tu deserción. Simplificará nuestra situación.

Ella se le quedó mirando unos instantes. Entonces su sonrisa se endureció, por así decirlo, y su expresión se tomó seria; pero Benyon sabía que su seriedad, acompañada de unas cejas arqueadas, era sólo parcial.

—¡Ah, quieres casarte con otra mujer! —exclamó lenta y pensativamente.

Él no dijo nada, pero ella continuó:

—¿Por qué no haces lo que he hecho yo?

—Porque no quiero que mis hijos sean…

Antes de que pronunciara las palabras ella se precipitó, deteniéndole con un grito.

—¡No lo digas; no es necesario! Claro que sé lo que quieres decir; pero no lo serán si nadie lo sabe.

—Me molestaría saberlo yo mismo; es suficiente para mí el saberlo del tuyo.

—Estaba preparada para que dijeras eso.

—¡Eso espero! —exclamó Benyon—. Puedes ser bígama si te place, pero a mí la idea no me atrae. Deseo casarme… —y, dudando un momento, con su ligero tartamudeo, repitió—: Deseo casarme…

—¡Cásate, entonces, y acaba con esto de una vez! —exclamó Mrs. Roy.

Benyon comprendía ya que no sería capaz de obtener su consentimiento; se sintió angustiado.

—Me parece extraordinario que no tengas miedo a ser descubierta —dijo, tras un momento de reflexión—. Depende de dos o tres posibilidades.

—¿Cómo sabes cuánto miedo tengo? He pensado en cada posibilidad durante noches terribles. ¿Cómo sabes lo que es mi vida, o lo que ha sido todos estos años horrorosos? Pero todo ha pasado.

—Ciertamente tienes muy mal aspecto.

—¡Ah, no me hagas cumplidos! —exclamó Georgina—. Si no te hubiera conocido nunca… si no hubiera pasado por todo esto… creo que habría sido hermosa. ¿Cuándo supiste lo de mi matrimonio? ¿Dónde estabas por entonces?

—En Nápoles, hace más de seis meses, por pura casualidad.

—¡Qué extraño que te enterases tan tarde! ¿La dama es napolitana? Allí nadie se preocupa por lo que hacen.

—No tengo información que darte más allá de lo que acabo de decir —repuso Benyon—. Mi vida no te concierne en absoluto.

—Ah, pero me interesa desde el momento en que me niego a dejar que te divorcies de mí.

—¿Te niegas? —dijo Benyon en voz baja.

—¡No me mires de esa forma! No has progresado tan rápido como solía pensar que lo harías ni has destacado tanto —prosiguió de forma superficial.

—Me ascenderán a comodoro uno de estos días —respondió Benyon—. No sabes mucho de ello porque mis progresos han sido extraordinariamente rápidos.

Se sonrojó tan pronto como las palabras salieron de sus labios. Georgina se rio ligeramente al verlo. Benyon recogió su sombrero y añadió:

—Piensa un día o dos en lo que te he propuesto. Es un procedimiento perfectamente posible. Considera la disposición en la que te lo pido.

—¿Disposición? —dijo, mirándolo fijamente—. ¿De qué disposición hablas?

Benyon permanecía en silencio, alisando su sombrero con un guante. Georgina continuó:

—Hace muchos años tenías pleno derecho, no lo niego, y en tus cartas te arrepentías del contenido de tu corazón. Ésa es la razón por la que no deseaba verte; no quería que me lo echaras en cara. Pero eso ahora ya pasó; el tiempo lo cura todo. Estás más tranquilo y tú mismo has reconocido que has encontrado consuelo. ¿Por qué me hablas de disposición? ¿Qué te he hecho sino dejarte en paz?

—¿Cómo llamas a todo esto? —preguntó Benyon, dando una mirada a la habitación.

—Ah, disculpa, eso no te afecta; es asunto mío. Yo te dejo tu libertad y puedo vivir como quiera. Es posible que sea extraño hacerlo de esta manera (admito que lo es, tremendamente), pero no tienes nada que decir al respecto. Si estoy dispuesta a correr el riesgo, tú también puedes estarlo, y si llevo a cabo este malvado truco con un confiado caballero (lo diré tan duramente como podrías decirlo tú), ¡no sé qué tienes que decir excepto que estás muy complacido de que una mujer así no sea conocida como tu esposa!

Georgina se había mantenido fría y pausada hasta ese momento, pero estas palabras hicieron estallar su latente agitación.

—¿Piensas que he sido feliz? ¿Piensas que he disfrutado de la vida? ¿Me ves convertida en una severa solterona?

—Me sorprende que aguantaras tanto —dijo Benyon.

—¡A mí también me sorprende! Fueron años malos.

—¡No dudo de que lo fueran!

—Tú podías hacer cuanto querías —continuó Georgina—. Recorrías el mundo en barco, establecías interesantes amistades. Estoy encantada de oírlo de tus propios labios. ¡Piensa en mi regreso a la casa de mi padre… a aquel panteón familiar… y mi vida allí, año tras año, como Miss Gressie! Si recuerdas a mis padres… siguen viviendo en la calle Doce, como siempre… ¡debes admitir que pagué por mi locura!

—Nunca te he entendido, ni te entiendo ahora —dijo Benyon.

Ella le miró un momento.

—Te adoraba.

—¡Podría condenarte con una palabra! —exclamó él.

XV

En el momento en que Benyon había hablado, Georgina le tomó del brazo y levantó su otra mano, como si estuviera escuchando un sonido de fuera de la habitación. Acababa de ocurrírsele algo, que llevó a cabo al instante. Se dirigió hacia la puerta, la abrió completamente y pasó al recibidor, de donde su voz llegó hasta Benyon, que oyó cómo la joven se dirigía a una persona que, al parecer, era su marido. Ella le había oído entrar en casa a la hora a la que habitualmente lo hacía tras su larga mañana de trabajo; y el ruido del cierre de la puerta del vestíbulo había llamado su atención. El salón estaba al mismo nivel que el recibidor, y Georgina saludó a su esposo con toda naturalidad. Le pidió que entrara para presentarle al capitán Benyon, y él respondió con la debida solemnidad. La joven regresó al salón en primer lugar, con sus desafiantes y encendidos ojos fijos en Benyon. Su entero rostro le decía vívidamente: «Aquí está tu oportunidad; te la doy con mis propias manos. ¡Rompe tu promesa y traicióname si te atreves! Dices que puedes condenarme con una palabra; ¡dila y comprobaremos lo que pasa!».

El corazón de Benyon palpitaba más rápido al sentir que esa era, efectivamente, una oportunidad; pero la mitad de su emoción venía del espectáculo, magnífico a su manera, de la incomparable insolencia de la joven. La conciencia de todo aquello de lo que había escapado al no tener que vivir con ella pasó por encima de él como una ola, mientras miraba con extrañeza a Mr. Roy, a quien se había concedido este privilegio. Comprendió enseguida que su sucesor tenía una constitución que le permitía soportarlo. Mr. Roy sugería perfeccionismo y solidez; era un hombre voluminoso, tranquilo y educado, con una superficie en la que las malas hierbas de la irritación no encontrarían fácilmente un punto de apoyo. Tenía un rostro ancho e inexpresivo, una boca grande y unos ojos pequeños y claros, en los que, cuando entró, estaba concentrado ajustando unas gafas de doble montura de oro. Se acercó a Benyon con una actitud prudente, educada y diligente, como si estuviera acostumbrado a encontrarse con muchos caballeros por motivos de trabajo; y aunque, naturalmente, esta ocasión era diferente, no se trataba de un hombre que perdiera el tiempo en preliminares. Benyon tuvo inmediatamente la impresión de haberle visto, a él o a su equivalente, cientos de veces antes. Era de mediana edad, con bigote y su aspecto era saludable, próspero e indefinido. Georgina les presentó mutuamente y habló de Benyon como de un viejo amigo, alguien con quien había trabado amistad mucho antes de conocer a Mr. Roy, y que había sido muy amable con ella hacía años, cuando era una muchacha.

—Está en la Marina. Acaba de regresar de una larga travesía.

Mr. Roy le tendió la mano —Benyon le ofreció la suya antes de que pudiera darse cuenta—, dijo que estaba encantado, sonrió, y observó a Benyon de la cabeza a los pies. Seguidamente miró a Georgina, y después a la habitación, volviendo por último de nuevo a Benyon, que permanecía de pie allí, sin hacer ruido ni movimiento alguno, con los ojos dilatados y el pulso acelerado basta tal punto que Mr. Roy ni podía sospechar. Georgina sugirió que se sentaran, pero William Roy contestó que no tenía tiempo para ello, y se excusó ante el capitán Benyon. Tenía que ir directamente a la biblioteca y escribir una nota que debía enviar a su oficina, donde, como acababa de recordar, había olvidado dar una orden importante al abandonar el lugar.

—Seguro que puedes esperar un momento —dijo Georgina—. El capitán Benyon tiene mucho interés en verte.

—Oh, claro, querida. Puedo esperar un minuto, y puedo regresar.

Así pues, Benyon comprendió que tanto Mr. Roy como Georgina estaban a la expectativa. Cada uno de ellos aguardaba a que él dijera algo, aunque esperaban cosas diferentes. Sorprendido evidentemente ante la vacuidad del visitante de su esposa, Mr. Roy colocó sus manos tras él y, balanceándose sobre sus pies, dijo que confiaba en que el capitán Benyon hubiera disfrutado con su travesía —aunque a él personalmente no le interesara mucho la Marina. Benyon fue consciente de que el otro hombre hablaba, pues realizó dos o tres observaciones más, tras las cuales se detuvo. Pero nuestro héroe no tenía presente el significado de sus palabras. Este personaje sólo pensaba en una cosa: en su propio poder momentáneo y en todo lo que pendía de sus labios. Todo el resto daba vueltas ante él; sus oídos y sus ojos no percibían nada más. Mr. Roy se detuvo, como digo, y se produjo una pausa, que a Benyon le pareció eterna. Mientras duró, el joven fue consciente de su oportunidad, que sopesó hipotéticamente en la palma de su mano. Sabía que Georgina también era consciente de todo ello y que afrontaba y despreciaba el peligro, o más bien disfrutaba de él. Benyon se preguntó a sí mismo si sería capaz de hablar si lo intentara, pero entonces supo que no lo haría y que las palabras permanecerían en su garganta; de hablar, sólo produciría sonidos deshonrosos para su causa. No hubo por tanto una elección ni decisión real por parte de Benyon. Su silencio fue, después de todo, el mismo viejo silencio, el fruto de otras horas y lugares, la quietud con la que Georgina escuchaba mientras él sentía cómo sus ansiosos ojos devoraban su rostro y le quemaban las mejillas con su contacto. Los minutos transcurrían sucesivamente ante él; cada uno era inconfundible.

—Bueno —dijo Mr. Roy—, tal vez interrumpo; me iré a escribir rápidamente mi nota.

Benyon fue consciente de cómo el desconcertado caballero se disculpaba y abandonaba la habitación; se dio cuenta entonces de que Georgina era la única que se encontraba de nuevo ante él.

—¡Eres exactamente el hombre que pensaba que eras! —exclamó, tan alegremente como si hubiera ganado una apuesta.

—Y tú la mujer más horrible que pueda imaginarme. Dios mío, ¡si tuviera que vivir contigo! —eso es lo que Benyon le dijo por respuesta.

Sin estremecerse siquiera ante estas palabras, ella continuó sonriendo triunfal.

—Él me adora… pero ¿qué te importa a ti eso? Tú tienes todo el futuro por delante —continuó—, ¡pero te conozco como si fuera tu madre!

Benyon reflexionó por un momento.

—Si él te adora, estás a salvo. En caso de que nuestro divorcio se pronuncie tú serás libre, y entonces él puede casarse contigo adecuadamente, lo cual le complacería muchísimo más.

—Es muy conmovedor oírte razonar sobre ello. Imagíname a mí contando una historia tan horrible… sobre mí misma… ¡a mí! —y se llevó sus blancos dedos a su pecho.

Benyon le dirigió una mirada que estaba cargada con todo el malestar de su desvalida rabia.

—¡Tú… tú! —repitió, mientras se alejaba de ella y pasaba por la puerta que Mr. Roy había dejado abierta.

Georgina le siguió de cerca hasta el recibidor; Benyon iba delante mientras ella se apresuraba tras él.

—Hubo una razón más —dijo ella—. Fue mi horrible orgullo lo que me impidió convertirme en una proscrita, y lo que me lo impide ahora.

—No me importa lo que sea —respondió Benyon, cansadamente, con su mano en el pomo de la puerta.

Ella puso la suya sobre el hombro de Benyon, que permaneció allí un momento, sintiéndola, deseando que su odioso contacto le diera el derecho de arrojarla sobre el suelo y golpearla para que nunca más volviera a levantarse.

—Sigues siendo tan listo e inteligente como solías ser al sentir perfectamente y saber tan bien, sin más escenas, que es inútil… ¡que nunca lo consentiré! Si comparto contigo la vergüenza de haberte hecho prometer, ¡déjame al menos tener el beneficio!

Él le daba la espalda, pero al oír esto se dio la vuelta.

—¡Oírte hablar de vergüenza…!

—No sabes por lo que he pasado; pero no te pido que te apiades de mí. Sólo quiero decirte algo amable antes de que nos despidamos. ¡Te admiro tanto! ¿Quién se lo dirá a ella, si tú no lo haces? ¿Cómo podrá saberlo, entonces? Estará tan segura como yo. Tú sabes lo que es eso —dijo Georgina, sonriendo.

Benyon había abierto la puerta por completo mientras la joven hablaba, sin hacerle caso en apariencia, pensando sólo en alejarse de ella para siempre. En realidad, escuchaba cada palabra que decía, y sentía hasta la médula el tono bajo y sugerente en que le hizo esta última recomendación. Fuera, en las escaleras —Georgina permanecía allí, en el umbral— Benyon la miró por última vez.

—Sólo espero que mueras. ¡Rezaré por ello!

Y descendió hasta la calle, por donde se alejó.

Fue tras esto cuando le sobrevino la verdadera tentación: no la de devolver traición por traición —aquello pasó en unos cuantos días, pues sabía simplemente que no podía romper su promesa que se imponía sobre él tan tozudamente como el color de sus ojos o el tartamudeo de sus labios; una promesa que había aventurado en el mundo cobrando vida, y estaba fuera de su alcance o de su autoridad—, sino la de aparentar ser un matrimonio con Kate Theory dejándole suponer que él era tan libre como ella y que sus hijos, si tuvieran alguno, tendrían derecho de existir ante la ley. Esta atractiva idea le rondó firmemente durante semanas y fue la causa de que pasara unos días y noches en los que no pudo conciliar el sueño. Era perfectamente posible que ella nunca conociera su secreto y que, como nadie podía ni sospecharlo ni tener interés en sacarlo a la luz, pudieran vivir y morir en seguridad y honor. Esta visión le fascinaba; era, digo, una verdadera tentación. Pensó en otras soluciones, como decirle que estaba casado (sin especificarle con quién), e inducirla a no tener en cuenta tal accidente, convenciéndola de que se contentara con una ceremonia en la que el mundo no vería ningún defecto. Pero tras todas las tortuosidades de sus pensamientos tenía tan claro como antes que el deshonor estaba en todo salvo en la renuncia. Así que, finalmente, renunció y tomó dos medidas que avalaban este acto ante él: dirigió una solicitud urgente al Ministerio de la Marina comunicando que estaba disponible de forma inmediata para ser destinado a otro largo viaje, y regresó a Boston para decirle a Kate Theory que debían esperar. Tenía tan pocas explicaciones que dar a la muchacha que, dijera lo que dijese, era consciente de que no podía hacer que su conducta pareciera natural, y advirtió que la joven confiaba plenamente en él, aunque nunca le entendió. Ella confiaba sin comprender, y estuvo de acuerdo en esperar. Cuando el escritor de estas páginas tuvo noticias de la pareja por última vez, todavía estaban esperando.